O CONVERTIDO

Cristiano Penido

SUMÁRIO

O CONVERTIDO
Autor: Cristiano Penido
1ª edição – Agosto de 2024
ISBN 978-65-01-10277-1

AGRADECIMENTOS

A Deus, pela luz e inspiração que me permitiram escrever cada palavra deste livro.

Aos meus pais, por terem me ensinado o amor pela leitura e pela escrita.

Ao meu filho, minha constante fonte de inspiração e a razão por trás de tantas das minhas palavras.

À minha prima Beth, pela valiosa ajuda na revisão de alguns trechos desta obra.

NOTA IMPORTANTE

Este livro não faz referência a nomes de igrejas nem tem a intenção de criticar qualquer denominação religiosa. Seu único propósito é falar sobre Deus e transmitir uma mensagem de fé e esperança ao mundo.

Trata-se de uma iniciativa pessoal do autor, sem vínculo ou financiamento de qualquer instituição, seja ela religiosa, empresarial ou governamental.

O MENDIGO

O calor era intenso naquela tarde na capital mineira. Sentado, sempre debaixo de uma marquise na calçada, entre a Avenida Afonso Pena e a Rua Espírito Santo, Josué repetia a frase que aprendera desde menino:

— Uma esmola, pelo amor de Deus.

Queimado pelo sol e sem ter onde tomar um simples banho, o mendigo tinha aquele pedaço de chão como sua casa. Ali ele ganhava o pão para comer e era também onde dormia.

Sua vida se resumia ao pouco que conseguia carregar. E, em sua condição de deficiente físico, era ainda menos. Na prática, possuía apenas um cobertor velho, uma lata de leite em pó vazia e uma placa de papelão na qual alguém havia escrito: *"Por favor, me ajude a comprar uma cadeira de rodas."*

O resto era apenas a roupa do corpo, suja e puída pelo tempo.

Josué não podia andar, nem sequer ficar de pé. Nascera com as pernas atrofiadas. O máximo que conseguia era se arrastar até a boca de lobo, distante poucos metros, para despejar o xixi que fazia na lata de leite em pó. Era para isso que ela servia.

Com o tempo, aprendeu que, se fizesse o "número dois" na lata e, logo em seguida, urinasse, ficava mais fácil manter o recipiente relativamente limpo e disfarçar o mau cheiro, pensava.

Não havia privacidade alguma em obrar na rua. Para isso, tentava sempre esperar a noite, quando o movimento da avenida diminuía. Cobria-se com a coberta, abaixava as calças, sentava-se sobre a lata e deixava cair ali o resíduo da alimentação do dia anterior. O xixi era mais simples. Bastava fazer de lado, cobrindo-se — às vezes, nem isso. Na prática, Josué sempre se molhava um pouco, e o cheiro de urina só aumentava. Felizmente, ele já não percebia mais.

Papel higiênico era um luxo que há muitos anos não tinha. A última vez que o usara, sua mãe ainda era viva. Depois que ela morreu, quando ele tinha pouco mais de vinte anos, ficou sozinho no mundo e acabou abandonado na rua, onde permanecia desde então.

Josué não tinha amigos. O mais próximo disso era a camaradagem do homem da pastelaria logo à frente, que às vezes lhe dava os salgados que sobravam do dia anterior. Fora isso, estava entregue à própria sorte.

O dinheiro que deveria guardar para comprar a cadeira de rodas nunca sobrava. O pouco que conseguia, mendigando, mal dava para comprar o básico e não morrer de fome.

Ainda assim, a placa continuava ali. No mínimo, pensava, mal não fazia.

Apesar da vida sofrida, sua mãe lhe ensinara desde cedo sobre a existência de um Deus todo-poderoso, cheio de misericórdia, que amava a todos como filhos. Por isso, o mendigo ainda carregava a esperança de que um dia o Senhor olharia para ele e atenderia suas preces.

O tempo, porém, foi passando e a fé de Josué esmoreceu. Triste, olhou para o céu e desabafou:

— Senhor, Deus da minha mãe... onde está o Senhor? Olha a minha situação. O que eu fiz de errado para merecer nascer assim? Eu não faço mal a ninguém. Tenha misericórdia de mim.

Já era noite quando um homem muito bem-vestido se aproximou.

— Você está aqui há quanto tempo?

Josué estranhou alguém querer conversar com ele. Não estava acostumado.

— Nem me lembro mais. Acho que já passa de vinte anos.

— Vinte e um anos, para ser exato — afirmou o homem.

— Como você sabe?

— Eu venho prestando atenção em você desde que nasceu. Queria ver até onde essa sua fé tola te levaria.

— Fé tola?

— Sim, Josué — chamou-o pelo nome. — Essa ideia de que Deus é bom e misericordioso não passa de bobagem. Na verdade, Ele nem existe. É invenção dos homens para enganar outros homens. Estamos entregues apenas à nossa própria sorte.

— Mas minha mãe me ensinou que Ele é bom e pode me salvar.

— Você acha mesmo que, se esse Deus existisse, estaria nesta condição? Que pai deixaria o próprio filho sofrer desse jeito? Isso não é pai em lugar nenhum.

Josué baixou a cabeça e deixou uma lágrima escorrer pelo rosto.

— Moço, hoje já não está sendo um dia fácil pra mim... e agora o senhor ainda vem querer piorar as coisas.

— Eu só estou sendo realista. Quero apenas que você acorde para a verdade da vida. — O homem fez uma pausa e continuou: — Está vendo esses carros passando apressados na sua frente? Dê um descanso para você mesmo.

— Mas...

— Olhe para você, Josué. Não tem amigos, muito menos uma namorada. Ninguém te quer. Para as pessoas, você é invisível. Você até cheira mal. Se fizer o que eu digo, ninguém vai chorar. Dê um fim a isso.

Outra lágrima escorreu do rosto do mendigo.

— Minha mãe me ensinou que Jesus é meu amigo.

— Ah é? E onde Ele está agora? Será que anda tão ocupado que não tem tempo para você?

— Você está dizendo que minha mãe mentiu pra mim?

— Não, claro que não. Apenas foi enganada por essa conversa, assim como você, Josué.

O rapaz esmoreceu ainda mais. Olhou para a avenida, para os carros passando, para o estranho diante dele...

— Vá, Josué. Acabe logo com isso.

O mendigo voltou os olhos para o céu e, em lágrimas, balbuciou:
— Meu Deus, tenha misericórdia de mim.

Respirou fundo e repetiu, mais alto:

— Meu Deus, tenha misericórdia de mim.

O semblante do homem mudou imediatamente. Josué ergueu a voz:

— Meu Deus, tenha misericórdia de mim!

O estranho se levantou, irritado, tapando os ouvidos com as mãos.

— Não fale esse nome! Não fale!

Josué agora berrava:

— Meu Deus, tenha misericórdia de mim!

O homem se afastava, gritando:

— Você é um tolo! Um tolo!

E não voltou mais.

Exausto, Josué tombou sobre o cobertor velho e sujo, virou-se de lado e adormeceu.

O MÉDICO — PARTE 1

Retirado do livro Histórias de Anjos IV

Uma semana antes

No ano de 2017, 40 mil pessoas perderam suas vidas em acidentes de trânsito e 65 mil outras foram assassinadas no Brasil. Isso significa que, a cada cinco minutos, alguém morreria por uma dessas duas fatalidades no país.

O Pronto Socorro João XXIII, na capital mineira, era uma amostra do que se passava nas principais capitais brasileiras. Nas madrugadas de finais de semana, chegava a todo instante uma ambulância trazendo um ser humano gravemente ferido para aquele hospital.

Era nesse quadro caótico que Alberto trabalhava como médico. Parecia que havia uma guerra lá fora.

— O que é dessa vez? — perguntou ele, saindo de uma cirurgia e já entrando em outra, mal tendo tempo de se lavar e trocar suas roupas de cirurgião.

— Parece que foi uma briga de bar. Ele levou uma facada no abdômen. O paciente perdeu muito sangue. Os sinais vitais estão muito baixos, veja — apontou, com o dedo em direção ao monitor, o médico auxiliar para Alberto.

— Vamos ter que abri-lo agora, senão iremos perdê-lo. Entre com a anestesia geral. Quero mais luz aqui, por favor — pediu Alberto.

E assim começava mais uma cirurgia de urgência, que aquele homem iria realizar naquela noite.

Após vinte anos trabalhando como médico, Alberto era muito experiente e respeitado pelos seus pares.

— O intestino foi rompido nesses dois pontos — sinalizou ele, com um bisturi, explicando para dois médicos residentes que estavam ao seu lado.

— Vamos, primeiramente, conter a hemorragia. Em seguida, suturar o intestino nesses pontos e, por fim, limpar toda a região para evitar que haja inflamação pós-cirúrgica. Teremos que retirar parte do intestino.

— A pressão está caindo, doutor Alberto.

— Ele precisa de mais sangue. Fausto, você pode se ocupar disso? Prepare duas ou três bolsas e comece a transfusão sanguínea.

Apesar do clima tenso, o cirurgião trabalhava com maestria, e sua equipe garantia que tudo fosse feito para que ele ficasse focado em impedir que aquele paciente continuasse a perder sangue e viesse a óbito.

Oito horas depois, a cirurgia estava praticamente terminada.

— Fausto, posso deixar para você terminar de fechar o paciente?

— Claro, doutor Alberto.

— Vejam — apontou ele, falando novamente com os residentes. — Pressão estável, oxigenação do sangue a 97%. Existe uma boa chance de que o paciente sobreviva.

— Graças a Deus! — disse o novato.

O médico olhou para ele e falou:

— Você vai perceber, com o tempo, filho, que aqui não há lugar para Deus. No hospital, nós fazemos ciência.

Ao terminar de falar, saiu da sala e deixou seu colega terminar o trabalho. Foi para casa. O dia já estava amanhecendo.

***

A vista da sacada da casa era maravilhosa. Localizada sobre uma montanha no bairro nobre dos Mangabeiras, Alberto podia contemplar dali grande parte da cidade, que se agigantava à sua frente.

Ele havia tomado uma bela ducha e, agora, de roupão, bebia seu whisky 12 anos e, deitado em uma rede, se perguntava o que mais poderia aprender na vida.

O profissional, além dos vários cursos de especialização, havia feito mestrado, doutorado e pós-doutorado na área de saúde. Ele era uma das grandes referências médicas do Brasil e sabia muito bem disso.

Dono de um currículo invejável, o esforço de seu trabalho era devidamente recompensado com um bom salário, permitindo que tivesse uma tranquilidade financeira excepcional.

Alberto era constantemente convidado a dar palestras no Brasil e no exterior sobre as diferentes técnicas que conhecia e havia desenvolvido. Pelas suas mãos já haviam passado vários pacientes diagnosticados como terminais, mas que, graças à sua perícia, voltaram vivos para casa.

***

No dia seguinte, por volta das onze horas, o cirurgião já estava de retorno ao hospital. Ele dedicava algumas horas a visitar seus pacientes e acompanhar a evolução do quadro clínico de cada um deles.

Havia um senhor idoso que havia caído da própria altura, ou seja, desmaiou em pé e bateu fortemente a cabeça ao chão. Com o impacto da queda, o pobre homem teve uma comoção cerebral e, desde então, não havia acordado mais.

— Bom dia, doutor — cumprimentou o filho do paciente.

— Bom dia! — respondeu o médico.

— E então, doutor, o senhor acha que papai pode ter alguma melhora?

O médico respondeu rapidamente:

— O teu pai é agora um vegetal. Mesmo que sobreviva, vai viver o resto da sua vida assim...

— Podemos conversar lá fora, doutor? Eu não gostaria que meu pai ouvisse isso.

— Você não está entendendo. Ele não é capaz de compreender nada do que nós falamos. Ele é um vegetal — continuou a falar, sem nenhum pingo de sensibilidade.

— É Deus quem decide quem vive ou quem morre, doutor.

Ao ouvir isso, o cirurgião se limitou a sorrir ironicamente, deu mais algumas informações irrelevantes sobre o quadro clínico do idoso e partiu para visitar outro quarto.

***

Era pouco mais de quatro horas da manhã quando o celular de Alberto tocou.

— Alô! — disse ele, ainda meio dormindo.

— Doutor Alberto?

— Sim.

— Desculpe, doutor, mas sou eu, o Fausto. Estou ligando porque temos um caso aqui que só o senhor poderá resolver — informou seu colega, que fazia plantão naquela madrugada no Pronto Socorro João XXIII.

— Pode me dar mais detalhes, Fausto?

— É um jovem de pouco mais de vinte anos. Acidente grave de carro. Há lesões em várias partes do corpo, inclusive na cabeça. Os batimentos estão fracos e ele já teve de ser reanimado uma vez.

— Estou descendo para aí agora. Preparem a sala de cirurgia.

Em pouco mais de vinte minutos, o médico já estava no hospital diante daquele paciente.

O jovem havia sofrido sua segunda parada cardíaca e os médicos tentavam revivê-lo, enquanto Alberto tomava ciência do quadro clínico.

Várias manobras foram feitas para tentar reanimar o paciente. Contudo, apesar de todo seu conhecimento, Alberto não era capaz de fazer mais do que a ciência lhe havia ensinado.

Após mais de dez minutos fazendo a massagem cardíaca, o médico disse à equipe:

— Podem parar. Não há mais nada que possamos fazer por esse pobre coitado. Esse não volta mais.

***

Os pais do rapaz já estavam no hospital, aguardando em uma sala mais informações sobre o filho.

Alberto foi pessoalmente falar com eles.

Não há palavra fácil para se dizer a um pai e uma mãe cujo filho, jovem de 23 anos, havia sofrido duas paradas cardíacas e ido a óbito.

Todas as vezes que aquele médico perdia um paciente, uma decepção o tomava. Com tanto estudo e conhecimento, a vida simplesmente lhe escapava entre os dedos.

O médico permitiu que o casal fosse ver o filho no necrotério, deitado sobre uma mesa.

Ele se afastou para deixar que tivessem seu momento de dor com privacidade. Contudo, algo lhe chamou a atenção.

Aqueles pais, após abraçarem o moço sem vida e chorarem, se colocaram de joelhos e começaram a fazer uma oração.

Ele não ficou lá para ouvir. Quis aproveitar que estava no Pronto Socorro e dar continuidade à sua jornada de trabalho. Havia muitos outros casos a serem acompanhados.

***

Cerca de uma hora mais tarde, alguém entrou apressado na sala do médico.

— Doutor Alberto, algo muito estranho aconteceu com aquele paciente que morreu há pouco. O senhor tem que vir comigo para ver.

— O que está acontecendo, Fátima? — Você está branca feito cera.

— Pois é, doutor. Estou mesmo e acho que o senhor vai ficar também.

— Como assim, menina? — fale logo.

— O jovem, doutor — tentava falar a enfermeira, abanando as mãos em visível sinal de ansiedade. — Ele está lá, sentado na mesa em que o deixamos, conversando com seus pais como se nada tivesse acontecido.

— Conversando? — Mas ele está morto, minha filha.

— Eu sei, doutor, mas acho que ele não sabe disso.

O médico se levantou abruptamente da cadeira e correu em direção ao necrotério.

Ao chegar, vários outros médicos já estavam lá. A sala estava cheia de gente. Parecia mais um salão de festas do que um local onde familiares tinham um momento privado com seu ente querido morto.

Com certa dificuldade, o médico conseguiu se aproximar do casal e do rapaz.

Ao ver o jovem sentado e conversando alegremente com todos, Alberto sentiu seu sangue gelar nas veias.

Aquilo não era possível.

— Filho — falou o médico. — O que está acontecendo aqui?

— Um milagre, doutor — falou a mãe, com os olhos vermelhos de tanto chorar. — Um milagre de Deus!

— Era para você estar morto — comentou Alberto.

— Eu sei, doutor — disse o jovem, sorrindo.

— Como isso é possível? Eu mesmo vi seus sinais vitais. Não tem como você estar vivo, rapaz — disse o médico, quase brigando com o moço por ter ressuscitado.

— Deus me deu uma segunda chance, doutor — respondeu o jovem, com outro sorriso.

— Você ficou mais de uma hora morto. Não tem como você estar falando comigo. Eu não estou entendendo mais nada — comentou Alberto, passando a mão sobre os cabelos e levando-os para trás, sinalizando forte incompreensão dos fatos.

— Doutor, o que eu vi foi muito real. Há vida do outro lado.

— Como assim, vida?

— Eu estava em um lugar branco e totalmente consciente, como estou agora. Foi muito doido.

— Eu quero fazer alguns testes com você, tudo bem?

— Claro, doutor. Pode me examinar.

Alberto fez alguns procedimentos ali mesmo e, depois, solicitou outros exames mais detalhados. Tirando uma das pernas, que continuava quebrada, o resto do corpo estava perfeito.

De tão transtornado que ficou, o médico tirou o resto do dia de folga e foi para casa esfriar a cabeça. Ele, em toda sua vida profissional, nunca havia visto algo assim.

Alberto não acreditava em milagre e, ao vê-lo, ficou completamente transtornado. Para ele, tudo precisava ter uma explicação científica e o simples fato de não encontrar uma lógica para explicar por que aquele rapaz estava novamente vivo e saudável deu um nó em sua mente.

O médico não conseguiu dormir naquela noite.

No terceiro dia de internação, o cirurgião liberou o rapaz para ir para casa, contudo decidiu que iria acompanhar aquele caso de perto.

Às oito horas da manhã do dia seguinte, o médico já estava à porta da casa do rapaz e tocou a campainha.

A mãe do jovem abriu a porta.

— Bom dia, Senhora Maria do Carmo.

— Bom dia, doutor Alberto. Por favor, entre.

— Com licença.

A família morava no bairro da Serra, um bairro de classe média, dividido por algumas casas da década de 1950 e grandes prédios de quinze andares ou mais, construídos mais recentemente.

— Como está o Thiago? — perguntou o médico sobre o jovem ressuscitado.

— Tirando a perna quebrada, é como se não tivesse tido nenhum acidente e nem morrido — respondeu a mãe com naturalidade.

— Posso vê-lo?

— Claro. Ele está no quarto dele. Venha.

A mãe conduziu Alberto aos aposentos do filho, bateu à porta e foi abrindo lentamente.

— Temos visitas, meu bem — disse ela, carinhosamente, ao filho.

— Bom dia, doutor Alberto. Como o senhor está? — perguntou o jovem, deitado na cama.

— Estou bem, Thiago, e pelo visto você também.

— Graças a Deus, doutor. Graças a Deus. Só a perna que dói um pouco.

O médico se aproximou do leito do rapaz e falou:

— Eu gostaria de fazer mais alguns exames simples em você, Thiago. Posso?

— Claro, doutor. Fique à vontade.

O cirurgião mediu a temperatura, a pressão sanguínea, examinou as pupilas, a coloração dos olhos, da língua, da garganta e executou alguns testes de reflexo ao longo do corpo do rapaz.

— É impressionante, meu jovem. Você está perfeito. Se eu não tivesse visto você morto há quatro dias, eu diria que estou examinando outra pessoa.

— Eu nasci de novo, doutor.

— Sabe, filho, eu, em toda a minha vida, fui muito cético quanto à existência de Deus e de uma suposta vida após a morte. Sou estudioso da ciência e só consigo acreditar no que a ciência pode explicar. O problema é que o teu caso contraria tudo que aprendi e isso está dando um nó em minha cabeça.

O jovem sorriu e falou:

— Então, o senhor vai pirar mais um pouquinho com o que vou lhe contar — disse ele, sorrindo. — O tempo todo em que fiquei morto, havia um anjo ao meu lado. Ele me mostrou várias partes da minha vida e até da minha mãe, meu pai e avós há mais de vinte e três anos. Ele me fez ver uma série de coisas que fiz que não estavam corretas. No fim, ele me deu uma escolha: continuar morto ou voltar para este mundo e servir a Deus como nunca antes eu havia feito.

— Você viu um anjo?

— Não só vi, como falei com ele por um bom tempo.

— E como ele era? Tinha asas e espadas?

— Não. Ele estava de branco e se vestia como nós. Contudo, acho que ele pode mudar de forma quando quiser, inclusive ter asas e uma espada. Não tenho certeza. Ele se chamava Gabriel e era semelhante a qualquer um de nós.

— O anjo se chamava Gabriel?

— Chamava.

— E o que ele te disse?

— Ele me falou de uma guerra que houve no Céu antes da criação do mundo, em que um terço dos anjos se voltou contra Deus. Esses anjos perderam a disputa, foram expulsos e vieram morar aqui na Terra. Deus criou o homem com o objetivo de repovoar o Céu. Só que, pelo que entendi, o Criador tinha receio de que esses homens também pudessem traí-lo, por isso determinou que padecêssemos aqui na Terra até provarmos que somos capazes de amá-lo acima de todas as coisas e ao nosso próximo como a nós mesmos.

— Amar a Deus sobre todas as coisas?

— É.

— Então, eu estou com sérios problemas. Nem estou certo de que Deus exista, quanto mais amá-lo.

— É por isso que o senhor continua vivo, doutor. Enquanto não morrer, terá a chance de conhecê-lo e amá-lo de verdade.

— Eu já estudei muito, Thiago, e é difícil eu acreditar nessas coisas. Não quero diminuir a tua fé, mas tudo que me conta não passa de uma filosofia de vida para mim, mais nada.

— Eu entendo, doutor. Eu também era assim, até antes do acidente. É claro que não tenho a quantidade de conhecimento que o senhor tem, mas eu também era cético quanto ao que meus pais acreditavam. Nasci em meio a uma comunidade evangélica. Apesar de ver vários irmãos na igreja contando obras lindas repletas de milagres, para mim tudo isso era algo distante. Eu queria só viver a vida e, apenas quando estivesse velho, me preocuparia em me aproximar mais de Deus. Então, sem que ninguém me avisasse, minha vida chegaria ao fim e eu morri. Foi só aí que percebi que estava longe de cumprir os dois critérios básicos para ir ao Céu, que, como já disse, são...

— Amar a Deus sobre todas as coisas e ao próximo como a si mesmo — completou Alberto.

— Vejo que o senhor aprende rápido, doutor. Por que não faz diferente? Ao invés de manter um comportamento racional e negacionista, por que não assume uma posição investigativa e procura conhecer mais sobre o que faz um crente querer ser crente?

— Como seria isso, filho?

— Ora, é simples. Mamãe e papai podem lhe apresentar várias pessoas que conhecem e que também receberam milagres de Deus. A irmã Sofia, por exemplo, tinha um câncer na cabeça do tamanho de uma laranja e foi totalmente liberta, sem nem precisar fazer cirurgia. Há também o irmão Helder, policial militar, que, em um confronto com bandidos, respingou sangue contaminado com AIDS em sua ferida e ficou doente. Hoje não tem mais nada. Foi libertado através de oração. Posso ficar a manhã toda contando as muitas obras que Deus fez com pessoas próximas, ou o senhor pode conhecer cada uma delas pessoalmente e escutar diretamente sobre esses milagres.

Alberto coçou a cabeça e respondeu:

— Eu preciso pensar, Thiago. É algo muito difícil para eu fazer.

— O senhor não tem nada a perder. É só uma pesquisa de campo que estará realizando e não precisa se envolver com nada, se não quiser.

— Eu vou pensar.

O médico agradeceu e prometeu voltar no dia seguinte para acompanhar o estado de saúde do rapaz. Alberto ficaria mais uma noite sem dormir direito, pensando em tudo que o jovem havia lhe contado.

***

No dia seguinte, lá estava, novamente, o médico na casa do rapaz.

Para não dar o braço a torcer, Alberto continuava mantendo a postura médica de sempre. Examinava o jovem, aplicava testes mecânicos e, em seguida, o interrogava sobre Deus e os diversos milagres que o rapaz conhecia.

A cada dia, mais perguntas eram feitas, até que ele aceitou conhecer outras pessoas que também tinham sido agraciadas com milagres.

Mantendo postura profissional, Alberto entrevistava amigos da família com prancheta, caderno e caneta. Tomava nota de tudo: nome, tipo de doença, diagnóstico, exames, nome dos médicos e qualquer detalhe que pudesse ajudá-lo a montar seus relatórios.

Posteriormente, checava tudo com os relatórios disponíveis no banco de dados do hospital.

Para sua surpresa, além de confirmar a veracidade das informações, encontrou muitos outros relatórios em que o tratamento havia sido interrompido porque, da noite para o dia, o paciente havia ficado curado.

Alberto avançava em suas pesquisas e, a cada passo, ficava ainda mais intrigado com como isso era possível.

Então lhe veio à mente uma hipótese que poderia explicar tudo aquilo: autossugestão.

Era isso, pensava ele. A mãe de Thiago acreditava tanto na existência de um Deus que, através da autossugestão, conseguiu reanimar seu filho. A mulher que teve câncer na cabeça, da mesma forma, acreditava que esse Deus seria capaz de curá-la e, novamente, através da autossugestão, conseguiu ser curada. E assim, aquele médico estava encontrando uma explicação rasa para todos os supostos milagres feitos por Deus. O que os fanáticos religiosos chamavam de fé nada mais era, segundo ele, do que autossugestão.

Pesquisando mais, Alberto encontrou uma correlação forte entre esses supostos milagres e o efeito placebo, já bastante conhecido, em que, com um falso medicamento, era possível curar um paciente apenas pelo fato de o enfermo crer que o medicamento era poderoso e o libertaria da enfermidade. Autossugestão era a resposta que havia encontrado para tantos milagres.

E quanto ao fato de Thiago ter conversado com um anjo, viajado ao passado e visto sua mãe há mais de vinte anos? O médico não tinha resposta. Pensou simplesmente:

— Deve ter sido apenas uma alucinação do rapaz.

Alberto deu alta ao moço e não voltou mais a visitá-lo ou a investigar os inúmeros milagres que aconteciam todos os dias no hospital em que trabalhava. Sua hipótese era suficiente para explicar tudo agora.

A história poderia terminar aqui. Entretanto, o médico era um escolhido de Deus. Isso queria dizer que, mesmo sem saber, ele teria seu encontro com o Criador e mudaria totalmente sua vida. No caso dele, não haveria escolha. Era só uma questão de tempo — e esse tempo havia chegado.

O MÉDICO — PARTE 2

Retirado do livro Histórias de Anjos IV

Adelaide entrou no necrotério e viu um homem sentado na fria mesa de granito.

— Moço! — disse a enfermeira de plantão. — Esta área é destinada apenas aos cadáveres. O senhor não pode ficar aqui. Quem está lhe acompanhando? — perguntou a jovem, aproximando-se mais do paciente.

Ao vê-lo de perto, ela o reconheceu imediatamente.

— Doutor Alberto? Mas o senhor estava morto! — falou a pobre moça, assustada, recuando lentamente.

Assim que alcançou a porta, saiu correndo e gritando:

— Socorro! Socorro! Tem outro fantasma no necrotério!

A gritaria chamou a atenção das outras pessoas, que, gradativamente, correram para a sala para descobrir o que acontecia.

Um a um, auxiliares, enfermeiros e médicos foram se amontoando na entrada, sem coragem de se aproximar daquele "morto-vivo", segundo eles.

— Alguém pode, por favor, trazer minhas roupas? — pediu Alberto, de pé, completamente nu, diante de metade do hospital.

O doutor Fausto tomou coragem e, portando um lençol, aproximou-se do colega e o cobriu.

— Doutor Alberto? — perguntou. — O senhor está vivo?

— Estou, filho. Não precisa se assustar. Eu não sou nenhum fantasma.

— Mas doutor... fui eu quem o operou há três horas! Como o senhor havia morrido, nem me dei ao trabalho de retirar as duas balas que estão dentro do senhor e muito menos reparei os danos causados por elas. Simplesmente o costurei de qualquer jeito. Era para o senhor, no mínimo, estar vazando por todos os lados.

— É... Eu percebi que esses pontos no meu peito ficaram horríveis.

— Posso examiná-lo para saber se está tudo bem?

— Claro, vá em frente — disse o colega, deitando-se novamente no granito frio.

Fausto auscultou o coração, examinou as pupilas, observou a coloração da língua, fez alguns testes de reflexo e, por fim, falou:

— Incrível, doutor Alberto. Tirando o corte enorme no peito e os pontos mal feitos que eu mesmo coloquei, o senhor está perfeito. Tem alguma explicação para tudo isso?

— Tenho sim, Fausto. Deus existe e me deu uma nova chance na vida.

— O senhor falando de Deus, doutor Alberto?

— Sim. Se você visse o que eu vi, também falaria.

Uma enfermeira chegou trazendo roupas, e ele foi levado de cadeira de rodas para a sala de Raio-X. Fausto queria ter certeza de como as balas estavam alojadas dentro do colega.

Após uma série de exames, o resultado surpreendeu: internamente, tudo funcionava bem, sem hemorragias. O único problema eram as balas no peito.

Uma equipe médica decidiu não removê-las, pois estavam muito próximas da artéria aorta, e os riscos seriam maiores que os benefícios. A única recomendação era que ele ficasse em repouso no hospital até que os pontos fossem retirados e o risco de morte cessasse.

***

Na primeira noite, Alberto foi acordado pelos gritos de um paciente no quarto ao lado.

Ele tentou dormir, mas o sofrimento daquele homem o incomodava profundamente.

O cirurgião desceu lentamente da cama para não romper os pontos e foi devagar até o quarto do vizinho.

A enfermeira havia aplicado mais uma injeção de morfina para aliviar a dor, mas era em vão. O pobre homem havia sofrido um acidente grave no trabalho e tinha queimaduras de segundo e terceiro graus por todo o corpo. Nada conseguia aliviar seu sofrimento.

Alberto esperou que a enfermeira saísse e, sem que ninguém visse, aproximou-se do enfermo.

Sinalizou com o dedo na boca para que ele ficasse em silêncio. O cirurgião não queria receber uma bronca por descumprir o repouso obrigatório, nem que soubessem o que iria fazer.

Olhou para os lados em busca de mais alguém. O homem estava sozinho. Melhor assim, pensou.

Alberto teve então sua primeira conversa com Deus.

— Oi, Deus! — disse ele, meio desajeitado. — Não sei exatamente como falar com o Senhor. É a primeira vez que faço isso, então peço desculpas se algo sair errado.

Posso usar o dom que me deu para libertar este homem da dor?

A resposta veio instantaneamente:

— SIM.

O som foi tão claro que o médico não teve dúvidas de que o Senhor falara com ele.

Alberto agradeceu e, dirigindo-se ao enfermo, perguntou:

— Qual é o seu nome, moço?

— Henrique — respondeu o homem, quase em sussurro.

— Você acredita que Jesus Cristo pode libertá-lo da situação em que está?

— Sim — disse Henrique, com os olhos cheios de lágrimas.

Alberto fechou os olhos e se deixou levar pela comunhão com o Espírito Santo. Em segundos, uma sensação poderosa percorreu seu corpo, e, com autoridade dos Céus, falou:

— Meu amado irmão Henrique, seja liberto desta enfermidade em nome do Senhor Jesus.

O rapaz sentiu imediatamente uma descarga de força atravessando todo o corpo. Era a virtude que saía do médico e o atingia.

Henrique arregalou os olhos, grunhiu de surpresa e espanto, e, em lágrimas, disse:

— Moço, minha dor desapareceu por completo!

— Eu sei, mas o Criador não faz nada pela metade, Henrique. Durma agora. Amanhã terá uma agradável surpresa. Ah, e quando perguntarem o que aconteceu, diga: foi Deus quem me libertou, ok?

O homem sorriu, balançou a cabeça afirmativamente e dormiu quase imediatamente.

Alberto voltou ao seu quarto, tomando cuidado para que ninguém percebesse.

Dobrou os joelhos em terra e, emocionado por ter sido usado por Deus, rendeu graças ao Criador.

***

Na manhã seguinte, o cirurgião foi acordado pelo entra e sai no quarto ao lado.

Todas as feridas do homem queimado haviam formado crostas que caíam, revelando pele nova por baixo.

O homem falava:

— Um anjo passou aqui ontem à noite, e Deus me libertou.

Os médicos, mais uma vez, ficaram perplexos com o milagre.

Durante todas as noites de repouso, Alberto usou seu dom para aliviar a dor e libertar pessoas.

Sua vida havia mudado. O homem cético e ateu havia se transformado, e, dentro dele, nascia uma nova pessoa.

A jornada de Alberto na Terra finalmente encontrara seu propósito: servir ao Criador.

RECOMEÇANDO

O táxi parou em frente à sua casa. Alberto, ainda andando com cuidado, dirigiu-se à porta de entrada, tirou as chaves do bolso e, antes de entrar, olhou para o lado, lembrando-se dos tiros que havia recebido ali mesmo, poucos dias atrás. Parecia que se passara mais de um ano, tamanha a quantidade de acontecimentos que se sucederam desde então — acontecimentos que mudaram sua vida por completo.

As balas continuavam em seu peito e, sempre que tossia, incomodavam um pouco. Tanto melhor, pensou consigo mesmo, assim nunca esqueceria que não estava mais apenas passeando neste mundo. Ele tinha agora uma missão a cumprir.

O cardiologista abriu o portão de entrada social e entrou em casa. À sua esquerda, estava a garagem, onde seu Mercedes-Benz esportivo fora guardado por alguém — não fazia ideia de quem. À sua frente, a porta da sala, com quase três metros de altura e cerca de um metro e meio de largura, chamava atenção. "Que porta bonita", pensou. Ao entrar, sentiu o cheiro de casa limpa; Carminha, a empregada, cuidara de tudo durante sua ausência.

Caminhando lentamente até a cozinha, abriu a geladeira e pegou sua água mineral com gás preferida. Seguiu até a varanda e contemplou a vista de Belo Horizonte à frente. Era uma visão privilegiada, ele sabia. Ali, pouco antes do assalto, havia se gabado de não ter mais nada a aprender neste mundo. Agora, diante de uma nova verdade, sentia-se como um menino no primeiro dia de escola: havia muito a aprender, algo que realmente fizesse sentido.

A morte havia mudado profundamente sua visão de mundo. Roupas de marca, seu título de doutorado ou mesmo o fato de ser o melhor cardiologista do hospital, do Estado e, provavelmente, do Brasil, já não o seduziam mais. De que adiantava tudo isso se aquela vida seria apenas uma gota de água em um oceano infinito de tempo que as pessoas poderiam viver na eternidade com Deus? Durante toda a sua existência terrena, como a maioria dos mortais, ele se dedicara a juntar pedras que em nada o ajudariam a aproximar-se do Criador.

Alberto sabia que nunca seria merecedor de viver ao lado do Criador, por mais que se esforçasse. Sem a misericórdia Dele, ninguém seria aprovado. Todavia, precisava se esforçar para ser uma pessoa melhor, deixando a arrogância de lado e buscando ser mais humilde e grato por essa segunda chance.

***

Após uma noite de sono tranquila, o médico acordou de bem com a vida, como há muito não acontecia.

— Hoje eu gostaria de ver um milagre teu, Senhor — disse em voz alta.

Imediatamente, uma voz respondeu em sua mente:

— Então, vá para o centro da cidade. Eu te guiarei.

Alberto ficou impressionado com a pronta resposta. Ainda não havia se acostumado a essa linha direta com o Criador. Na verdade, não era privilégio do cardiologista falar e ser respondido por Deus; o Senhor fala constantemente com cada um de nós, mas a maioria não sabe ouvir e acha que são apenas pensamentos próprios. Alberto aprendera a distingui-los.

Foi até o closet e começou a vestir seu melhor terno, mas parou, concluindo que seria melhor algo mais sóbrio, casual: calça jeans, tênis e camisa polo. Olhou para o espelho e disse:

43

— Fiquei até bonitinho.

Ao chegar à garagem, mal havia se dirigido ao carro de luxo quando Deus falou novamente:

— Gostaria que fosse de táxi.

— Está bem, Senhor.

Em poucos minutos, o veículo já estava à porta. Alberto embarcou e disse ao motorista:

— Vamos para o centro, por favor.

Uma ansiedade tomou conta dele. O que aconteceria dali a pouco? Como Deus operaria? O que teria que dizer?

— Calma, Alberto. Eu te guiarei em tudo. Relaxe e aproveite o passeio — disse Deus em sua mente.

Alberto não tinha dúvida de que veria milagres naquela manhã. Nem passava pela sua cabeça a mínima possibilidade de que o poder dado a ele pudesse falhar. Lembrou-se da passagem em que Jesus ordenou a Lázaro que saísse do túmulo. "E se Lázaro não saísse?" Riu baixinho. Isso era impossível. Da mesma forma, seu dom não podia falhar. Tinha fé suficiente para mover montanhas naquela manhã, se fosse necessário.

***

Tão logo o veículo cruzou a Avenida Afonso Pena com a Rua Espírito Santo, Deus disse:

— Peça ao motorista para parar aqui.

Alberto imediatamente pediu ao chofer do táxi que encostasse o carro. Deu uma boa gorjeta e seguiu pelo calçadão da avenida.

— E agora, Senhor? — perguntou.

— Apenas caminhe em direção ao Parque Municipal.

O médico obedeceu. Em poucos minutos, avistou um mendigo sentado sob uma marquise, comendo um salgadinho.

— Olha o meu filho aí, Alberto. Cure as pernas dele.

Alberto confirmou e se aproximou do moço. Tão logo chegou, sentiu um forte cheiro de urina e sujeira. Estava acostumado a lidar com pacientes imundos, até mesmo com aqueles que se sujavam durante acidentes, mas mesmo assim sentiu náusea. Deixando a resistência de lado, aproximou-se. Antes que falasse, o mendigo disse:

— Moço, ontem foi um dia difícil. Não quero repetir isso.

— Eu não te conheço, mas quem me enviou aqui te conhece muito bem.

— Ninguém me conhece. Sou invisível.

— Aquele que me enviou te conhece e te vê todos os dias — disse Alberto, apontando para o céu.

— Está me dizendo que Deus te mandou aqui?

— Ele mesmo.

— E por que Ele se preocuparia comigo?

— Ele se preocupa com todos.

Alberto explicou a Josué o amor de Deus pelos homens. Para sua surpresa, as palavras saíam naturalmente. Por fim, o paralítico creu que Deus poderia curá-lo naquela manhã.

Alberto, revestido do poder do alto, então ordenou:

— Pernas, em nome de Jesus Cristo, fiquem curadas agora.

No instante seguinte, os membros do homem se contorceram e se esticaram. Ossos e músculos retorcidos foram se alinhando; tendões estalaram e a pele se ajustou perfeitamente. Era incrível. O médico admirava a cena: parecia simples, mas nenhum cirurgião no mundo seria capaz de fazer aquilo em segundos.

Alberto garantiu que o moço se levantasse e desse os primeiros passos. Um pequeno grupo se formou ao redor. Josué respirou fundo, deu um passo, depois outro, e logo estava andando.

Agora, uma multidão acompanhava a cena, emocionada com o que via. Alberto, aproveitando o tumulto, se misturou à turba e seguiu rumo ao Parque Municipal.

Ele ainda estava elétrico com a energia que havia saído de seu corpo e tocado o homem. Uma mistura de adrenalina e emoção.

— Senhor, obrigado por este privilégio de Te servir.
Obrigado — disse. — Quero fazer mais, Deus. O
Senhor me permite?

— Claro. Basta seguir em frente; há muitos outros pelo
caminho.

E lá foi o cirurgião fazer mais milagres. Aquele era
apenas o primeiro de muitos naquele dia.

O JULGAMENTO

Retirado do livro Histórias de Anjos V

O café da manhã de Alberto era duplo: dois mistos
quentes, dois copos de leite quente com chocolate,
duas bananas e duas maçãs. Ele só comia a metade, ou
seja, um misto, um copo de leite e uma fruta de cada.
A outra metade era cuidadosamente colocada em uma
sacola de papel, que ele levava consigo no carro.

No cruzamento da avenida Afonso Pena com a
avenida do Contorno, lá estava ele: Seu Antônio, um
mendigo de cerca de setenta anos ou mais, que fazia
seu ponto ali.

Tão logo o automóvel parou no semáforo, Alberto baixou o vidro e acenou para o andarilho, que o reconheceu imediatamente e correu em sua direção.

— Bom dia, Seu Alberto.

— Bom dia, Seu Antônio. Como está o movimento hoje?

— Ainda está fraco.

— Trouxe o teu café da manhã. Está aqui. Toma.

Alberto entregou a sacola, preparada com todo o carinho alguns minutos antes. Ele fazia isso religiosamente todos os dias.

— Muito obrigado, Seu Alberto.

— Sou eu quem agradece, Seu Antônio. Sinto-me honrado em poder fazer algo por você. Por falar nisso, tem compromisso no sábado para o almoço?

— Não tenho compromisso nenhum.

— Gostaria de almoçar comigo?

— Almoçar com o senhor? Claro!

— Perfeito. Eu te pego aqui mesmo, no sábado, às 11h30, ok?

— Tá bom, Seu Alberto.

— Tenha um bom dia, Seu Antônio — disse o médico, enquanto o carro avançava pelo trânsito rumo ao Hospital do Coração, onde ele trabalhava parte do tempo.

***

A rotina do cardiologista começava ao acompanhar seus pacientes assim que chegava ao Hospital. Por volta das dez horas, faria a primeira cirurgia do dia, podendo chegar a duas ou três, dependendo da complexidade de cada caso. Se sobrasse tempo, o que era raro, iria ao seu escritório preencher alguns documentos médicos.

Naquela manhã, estava agendado um transplante de coração. Era uma cirurgia delicada que demandaria o dia inteiro.

O paciente era um senhor de sessenta anos, mantido vivo há anos graças a um marca-passo, mas seu quadro vinha piorando gradativamente, e seu coração já dava sinais de que não duraria muito mais.

O doador era um jovem que havia recebido uma bala na cabeça durante um assalto. Apesar do coração ainda bater, ele havia sofrido morte cerebral. A família havia autorizado a doação do órgão.

A cirurgia avançava bem. Alberto conectou as artérias e veias do paciente a uma máquina que provisoriamente assumia a função do coração, preparando-se para removê-lo. Paralelamente, uma segunda equipe médica aguardava o sinal verde para retirar o coração do doador e entregá-lo ao cirurgião que o conectaria ao receptor.

Alberto deu o sinal, e em segundos aquele coração, ainda quente, chegou às suas mãos. Com maestria, iniciou a conexão de veias e artérias ao corpo do paciente.

Tudo corria bem. Chegara o momento de desligar as máquinas e estimular o novo coração a pulsar. Um simples peteleco com o dedo deveria ser suficiente.

Foi exatamente o que fez, e, como por milagre, o músculo reagiu, pulsando e bombeando sangue pelo corpo.

— Graças ao bom Deus, está funcionando — disse em alto e bom tom.

Os colegas ao redor acharam curioso; até pouco tempo, Alberto era cético e crítico de quem mencionasse a palavra Deus. Agora, era o primeiro a render graças, reconhecendo que era Ele quem dava a palavra final.

Alberto desconectou o aparelho do sistema circulatório e iniciou o fechamento do peito do transplantado. Algumas horas depois, a cirurgia fora concluída com sucesso.

***

Exausto, voltou ao escritório para ler relatórios e preencher papéis. Faltavam poucos minutos para encerrar o dia, quando uma voz falou em sua mente:

— Vá ao terceiro andar. Eu preciso de você lá.

Alberto conhecia bem aquela voz: era Deus. Sem questionar, levantou-se e correu até a maternidade do Hospital.

Ao chegar, a voz falou novamente:

— Entre no bloco cirúrgico. Há uma criança recém-nascida morta lá. Faça o que Eu te ensinei a fazer.

Mesmo sendo médico, ele sabia que não poderia entrar na sala de outro colega sem ser convidado, sem se lavar e vestir adequadamente para manter a esterilidade. Mas não havia tempo. Ele arriscaria para salvar aquela vida.

Os médicos já tentavam reanimar o bebê com massagem cardíaca, eletrochoque e adrenalina, sem sucesso.

— Posso tentar? — perguntou Alberto.

— Você não pode entrar assim — respondeu o responsável.

— Sei, mas é uma questão de vida ou morte.

— O que você pode fazer que nós já não tentamos?

— Apenas observe.

Sem esperar consentimento, ele pegou o bebê e disse:

— Filho, em nome de Jesus Cristo, viva.

O silêncio tomou a sala. Então, a criança chorou, respirando normalmente. Médicos e enfermeiros ficaram espantados, enquanto Alberto entregava a criança à mãe, que chorava de emoção.

O médico responsável segurou seu braço:

— Você será chamado pelo Comitê de Ética para explicar sua invasão e esse... esse ato de charlatanismo.

***

Na manhã seguinte, o Diretor Geral o chamou:

— Olá, Alberto. Por favor, sente-se.

— Olá, Márcio. Obrigado.

— Recebi ontem uma reclamação inusitada. Você está acusado de invadir uma sala, colocar o paciente em risco e praticar doutrina religiosa como exercício profissional. Antes de levar ao Conselho, quero ouvir você. O que aconteceu?

— Uma mulher deu à luz uma criança morta. Os médicos já tentavam reanimá-la sem sucesso. Eu não podia esperar. Fiz o que tinha que fazer.

— Como sabia que eles haviam tentado tudo?

— Não sabia. Deus me mandou.

O Diretor respirou fundo, nervoso.

— Alberto, conheço você há mais de quinze anos. Sempre critiquei sua palavra sobre Deus. O que mudou?

— Estive morto por três horas, Márcio. Impossível voltar à vida, mas estou aqui. Além disso, Deus me deu poder de agir.

— Você falou com um anjo?

— Sim. A medicina não explica, mas eu sou prova viva de milagres.

— Entendo, mas não posso permitir que médicos rezem em detrimento da ciência.

— E se a medicina falhar? O que fiz é a única opção. Deus não é vergonhoso.

O Diretor refletiu:

— Não posso ajudá-lo, Alberto. A Comissão poderá cassar seu diploma.

— E deixar uma criança morrer seria justo?

— O obstetra alega que a adrenalina a salvou.

— Quando entrei, já haviam tentado. Estava morta. Deus a trouxe à vida.

— Para mim, chega. Nos veremos na reunião do Comitê. Tenha um bom dia.

***

Alberto retornou ao escritório, mente a mil. Pediu à secretária que cancelasse todos os eventos e dirigiu-se para casa.

— Senhor, fiz Tua vontade e estou sendo punido. Não é justo, Pai.

Viu uma igreja à frente e entrou. O culto já havia começado. O pregador leu sobre Jesus sendo criticado por curar um paralítico no sábado.

— Alguém aqui reclamou por fazer o bem? — disse o pastor.

Alberto reconheceu suas próprias palavras.

— Servir a Deus nem sempre é fácil. Você será criticado, mas eu estou contigo.

O cirurgião se alegrou e creu.

— Provas não faltarão, mas você as vencerá, basta estar comigo.

— Amém, Senhor! — respondeu.

O pastor continuou:

— Sozinhos somos frágeis, juntos, imbatíveis. Estejam unidos.

Alberto passou a frequentar a igreja regularmente.

***

Na quarta-feira, diante do Comitê de Ética, o presidente perguntou:

— Todos presentes para início do processo?

— O Doutor Fernando ainda não chegou — disse o secretário.

Após esperar, o processo foi adiado e repetiu-se na quinta e sexta-feira. Finalmente, foi arquivado por falta de provas.

Fausto, amigo de Alberto, comentou:

— Não sei o que fez Fernando não aparecer, mas teu Deus é terrível.

Alberto olhou para o céu e disse, emocionado:

— Glória ao Teu santo nome, Senhor.

***

No sábado, no mesmo cruzamento, Alberto avistou Seu Antônio. Acenou, buzinou, e o homem correu em sua direção.

— Pronto para o almoço?

— Vai mesmo me levar?

— Claro!

O pedinte entrou no carro, e Alberto disse:

— No melhor restaurante da cidade. Temos muito a comemorar.

Para Alberto, era um gesto simples. Para Antônio, era o resgate de uma dignidade há muito perdida.

A TRANSFORMAÇÃO

Do alto de sua riqueza material, Alberto contemplava a vida ao seu redor e agradecia a Deus por ser um privilegiado na Terra. Morando em sua bela casa em um dos bairros mais nobres da capital mineira e recebendo um dos maiores salários do Hospital do Coração, o médico via o mundo através desse prisma.

— É preciso saber viver — ecoou uma voz suave em seu coração.

Alberto já havia aprendido a reconhecer a voz de Deus quando Ele lhe falava diretamente em sua mente.

— Eu não entendi, Senhor. Toda essa pobreza à minha volta só me faz ser grato a Ti por me guardar e abençoar.

A voz repetiu a mesma frase, como se sussurrasse um enigma:

— É preciso saber viver.

Intrigado, o médico indagou:

— O que isso quer dizer, Senhor?

A voz apenas respondeu:

— Em breve você verá. — E silenciou.

Ao chegar ao hospital, o profissional se envolveu em seus afazeres cotidianos e acabou não pensando mais no assunto.

***

— Nós vamos fazer uma missão ao Norte de Minas, irmão Alberto. O senhor gostaria de ir conosco? — perguntou Laudelino, seu irmão da igreja.

Apesar de participar daquela comunidade evangélica há mais de um ano, Alberto nunca havia feito algo desse tipo e nem estava certo do que se tratava.

— Missão ao Norte de Minas? O que é isso?

— Oramos a Deus. Se Ele confirmar, partimos em viagem para uma determinada cidade da região. Lá, devido à seca constante, há muita pobreza. Nosso objetivo é levar alguns donativos para as famílias carentes e orar com elas.

— Não podemos simplesmente mandar o dinheiro?

— Podemos, mas geralmente não sabemos onde a necessidade é maior. Além disso, a oportunidade de ver de perto nossos irmãos e conviver um pouco com eles nos faz muito bem. Você vai gostar.

Alberto pensou em recusar. Era fácil fazê-lo.

Quando encheu o peito para negar o convite, ouviu novamente a voz do Senhor:

— É preciso saber viver.

Surpreso, o médico hesitou e acabou querendo saber mais detalhes.

— Partimos amanhã à noite, após o trabalho. Chegaremos lá na manhã de sábado, visitaremos a irmandade e quem mais o Senhor mostrar, e voltaremos no final da tarde de domingo. Chegaremos aqui por volta das cinco horas da manhã de segunda-feira.

O moço ficou assustado. Não sobraria quase tempo para dormir.

— E então, irmão? Podemos nos encontrar amanhã às dezenove horas? Combinado?

— Senhor, meu Deus — falou Alberto em pensamento — isso é loucura.

A voz repetiu a mesma frase de antes:

— É preciso saber viver.

Alberto coçou a cabeça e respondeu ao irmão:

— Pensei em dizer não. Será uma viagem muito cansativa e quase não teremos tempo para dormir. Contudo, se o Senhor está me dizendo para ir, eu vou. — Respondeu sorrindo, apesar de não estar muito certo da decisão.

Laudelino, alegre, disse:

— Muito bem, irmão Alberto. Fico feliz em saber que é o Senhor que o conduz. Isso confirma o que senti em oração: Ele me mostrava você e me pedia para convidá-lo. Pode ter certeza: você vai gostar.

— Então está bem. Nos vemos amanhã — disse o médico, despedindo-se e partindo a pé para casa.

***

Desde que começou a frequentar a comunidade, Alberto sempre evitou chegar de carro à igreja. Queria ser tratado pelo que era, não pelo que possuía. Deixava o Mercedes-Benz em casa, pegava um táxi até um quarteirão e caminhava o restante do trajeto.

Naquela sexta-feira, não foi diferente. Chegou à porta da igreja carregando uma pequena mala de bordo. Laudelino e mais dois irmãos o aguardavam em um carro velho.

Alberto olhou para o veículo e se perguntou se chegariam ao destino. O estofado estava deteriorado, a pintura marcada pela ferrugem, e os pneus... melhor nem comentar.

Acostumado a carros de luxo, o médico se perguntou o que estava fazendo ali.

Novamente, a voz do Senhor ecoou em sua mente:

— É preciso saber viver.

Hesitante, Alberto entrou no carro e se acomodou no banco de trás. Os demais ocuparam os outros assentos, e partiram rumo à cidade de Curral de Dentro, no Vale do Jequitinhonha, Norte de Minas Gerais.

O porta-malas estava cheio de mantimentos, e as malas dos passageiros foram colocadas à frente, junto ao motorista. O desconforto era evidente, mas Alberto decidiu não comentar.

Era noite, e uma brisa fresca entrava pelas janelas, tornando o interior do carro agradável. A conversa fluía naturalmente, e gradativamente Alberto se descontraía. Após pouco mais de uma hora, nem lembrava mais que o carro era velho.

Em meio à viagem, Laudelino e os outros missionários compartilhavam experiências de viagens passadas, nas quais frequentemente viram a mão de Deus interceder. Alberto pensou em compartilhar seu dom de cura, mas decidiu guardar o segredo. Ele sabia que Deus escolhia a quem abençoar, e cabia a ele cumprir a vontade divina.

***

Os primeiros raios de sol surgiram quando os missionários chegaram a Curral de Dentro. Alberto acordou surpreso: a viagem, mesmo em um carro velho, tinha sido prazerosa.

— Vamos passar na casa do diácono. Parte do que trouxemos ficará com ele. Ele conhece bem a necessidade das famílias.

A cidade era simples: ruas de terra, casas de adobe, janelas sem vidro, paredes rente à calçada.

O carro parou em uma esquina.

— Acho que é aqui — disse Laudelino, descendo.

— Não está muito cedo? São seis da manhã — comentou Alberto.

A porta se abriu, e um homem simples saiu sorridente:

— Glória a Deus, irmãos!

Parecia conhecer os missionários há anos. A esposa trouxe café, e as crianças, sete ao todo, saíram dos quartos, vestindo roupas simples e sandálias gastas. Alberto se surpreendeu com a alegria deles.

— Irmãos, nosso objetivo hoje é não sermos pesados — explicou Laudelino. — Trouxemos mantimentos e doações em dinheiro, parte destinado a vocês. Aceitam?

O casal, com lágrimas nos olhos, aceitou. As crianças abriram as caixas e encontraram nove pares de sandálias novinhas. Alberto se perguntou como Laudelino sabia os tamanhos exatos.

As caixas foram distribuídas, e os produtos colocados à mesa. Alberto percebeu que parecia impossível que tudo saísse de um único porta-malas.

O diácono sugeriu uma oração de agradecimento. Quando Alberto dobrou os joelhos sobre o chão de cimento queimado, sentiu um arrepio intenso. Chorou, sentindo a presença do Espírito Santo. As crianças e os missionários também se emocionaram.

Durante a oração das crianças, muitos começaram a falar línguas estranhas — grego, aramaico, italiano. Alberto compreendeu algumas palavras em italiano:

" *Esse povo não tem sempre o que comer, mas é feliz porque sente Minha presença ao dobrar os joelhos. Eu sou o Deus que cuida deste povo. O segredo da vida não está em acumular ouro ou prata, mas em amar o próximo como a si mesmo. É preciso saber viver.* "

Alberto ficou boquiaberto. Confirmou com os pais: o menino mal falava português, quanto mais italiano. Aquilo era manifestação do Espírito Santo.

Apesar de todo seu estudo e riqueza, ele se sentia miserável diante daquela família espiritualmente rica.

Podiam sentir a presença de Deus quando quisessem. Que tesouro maior existiria na Terra?

***

Nos dois dias seguintes, visitaram mais famílias, repetindo-se a mesma alegria. Alberto compreendeu, enfim, o significado da frase divina: **"É preciso saber viver"**.

Ao final da missão, conheceu Joel, um aposentado com quintal cheio de árvores frutíferas. O homem recebeu o grupo com hospitalidade e simplicidade. Alberto se deliciou com mangas coloridas e perfumadas, lavando e comendo-as direto do pé.

— Tudo que Deus faz é perfeito — disse Joel.

Alberto refletiu: por que nunca antes havia visto a simplicidade como verdadeira riqueza? Menos significava mais. Ele percebeu que acumular coisas nunca trouxe a felicidade que presenciava ali.

***

O retorno a Belo Horizonte foi tranquilo. Apesar do carro velho, Alberto se sentiu confortável. Chegaram pouco depois das quatro da manhã, e ele ainda conseguiu dormir antes do trabalho.

No hospital, tudo parecia diferente: o carro importado parecia desnecessário, a casa, enorme demais. Ele precisava rever seus conceitos.

No dia seguinte, Alberto deixou o carro na garagem e foi trabalhar de bicicleta. Havia muito tempo que ele não a tirava do quartinho de bagunça. A brisa batendo em seu rosto, enquanto descia a Avenida Afonso Pena, permitiu que ele sentisse algo há muito esquecido: a alegria de fazer coisas simples. Além de cuidar da saúde, o médico estava cuidando da mente também.

Ao chegar ao hospital, ele foi até o banheiro, passou uma toalha úmida no rosto e no corpo, trocou de camisa, ajeitou o cabelo, cumprimentou o faxineiro e os colegas e foi para o seu escritório. Era apenas mais um dia como outro qualquer na rotina dele, mas ele se sentia mais leve e bem com a vida.

Ao retornar para casa, Alberto foi direto para o closet de roupas do seu quarto. Havia mais de dez ternos nos cabides, trinta e cinco pares de sapatos, vinte cintos e uma quantidade gigantesca de camisas e calças que ele quase nunca usava. Ele tirou tudo de lá e colocou sobre a cama. Analisou o que realmente usava e voltou para o armário. O restante, uma pequena montanha, ele guardou em uma caixa e escreveu a data de hoje nessa.

— Se em doze meses eu não abrir essa caixa, vou doar tudo. — Pensou.

Ele fez o mesmo no banheiro com as toalhas, as roupas de cama e os infindáveis acessórios da cozinha.

Ao passar pela sala de jantar, teve uma ideia: desmontou a enorme mesa de oito lugares e a colocou em um dos quartos de hóspedes. Fez a mesma coisa com as cadeiras, a cristaleira, os sofás, a televisão de cinquenta polegadas e tudo mais que julgava inútil. Por fim, levou a cama do seu quarto para a sala e decidiu:

— Vou ver se consigo viver apenas com esse espaço aqui.

Eram pouco mais de quarenta metros quadrados no total, já contando com o banheiro e a cozinha.

—Se eu não gostar, volto tudo como era antes.

Os dias se passaram, e Alberto conseguiu manter uma rotina de ir trabalhar de bicicleta e morar apenas naquele canto da casa. Como havia previsto, ele se sentia mais leve. Até a faxina do cômodo, ele mesmo fazia, não por questões de custo, mas pelo prazer de ter controle sobre sua própria vida.

Ao final de um ano, o médico se sentia outra pessoa. Levando agora uma vida mais simples, ele estava bem melhor. Havia menos preocupações e tarefas a serem feitas.

As caixas com as roupas continuavam fechadas. Ele doou tudo então.

Então, o Senhor voltou a falar com Alberto:

— Agora que você já se desprendeu das coisas materiais, eu quero que você se mude para a favela do Cafezal.

A mensagem chegou à mente do médico como um pacote, não palavra por palavra. A frase se formou em sua mente por inteiro. Era assim que Deus se comunicava com ele.

Na hora, Alberto achou que era coisa da sua cabeça.

—Eu, me mudar para a favela. Nunca — disse ele a si mesmo.

O Senhor não disse mais nada.

Nos próximos dias, tudo lhe fazia lembrar do pedido de Deus. Era uma paciente que lhe dizia morar na favela, uma propaganda no rádio sobre o restaurante Favela, uma manchete no jornal ou, simplesmente, ele acordava e a primeira coisa que lhe vinha à mente era a palavra "favela".

— Como tiro isso da minha cabeça? — ele se perguntou, contrariado.

Logo, em seguida, o telefone tocou.

— Alô!

— Oi Alberto, sou eu, Laudelino. Queria te convidar para almoçar conosco neste domingo. Você está disponível?

— Claro, irmão. Será um prazer.

— Minha casa é bem simples. Você não vai ficar chateado?

— Claro que não, Laudelino. Eu sou simples também

— Ou pelo menos acho que sou, pensou ele.

— Eu moro na favela, irmão. Na favela do Cafezal.

Ao ouvir isso, o médico sentiu um frio na espinha.

Ele não disse nada sobre o assunto ao amigo. Apenas confirmou sua presença.

***

Era domingo quando Alberto desceu do ônibus em plena favela.

Ele trajava roupas simples. Não queria chamar a atenção.

Com um pedaço de papel nas mãos, foi lendo as instruções que havia anotado. Seguiu em frente até o bar do Muçum, dobrou à direita, pegou uma viela morro acima, após andar longos trezentos metros quase em zig-zag, viu um portão vermelho à esquerda, dobrou a esquina seguinte no mesmo sentido, caminhou por cinco casebres e parou diante de uma porta velha de quarto em madeira, pintada na cor azul clara, já bastante desgastada pelo tempo.

Procurou pela campainha. Não havia. Bateu à porta com delicadeza.

Tão logo passaram alguns segundos, a porta se abriu. Era Laudelino, com um sorriso no rosto, radiante de alegria pela visita do amigo à sua casa.

— Que prazer em tê-lo aqui, irmão. Vamos entrar.

Alberto trazia nas mãos um vaso de orquídeas.

— São para você e sua esposa — disse ele.

— Não precisava, irmão. É muita gentileza a tua — respondeu o jovem, já chamando sua esposa para ver o amigo e o presente.

Madalena, a esposa de Laudelino, estava na pia da cozinha enxaguando a salada. Ela lavou as mãos, rapidamente, as enxugou e veio cumprimentar o médico.

Era apenas um cômodo, em que sala e cozinha se misturavam sem muito espaço. O quarto do casal ficava na parte de baixo da casa, na qual também estava o banheiro.

Após as apresentações, Laudelino convidou Alberto a se sentar no velho sofá rasgado.

A casa não tinha telhado, apenas a laje de concreto. Com isso, o calor intenso ficava ainda maior. Para piorar, o fogão aceso ajudava a aumentar ainda mais a temperatura do cômodo.

Tentando disfarçar o desconforto, Alberto perguntou:

— Posso ver a vista que vocês têm daqui, Laudelino?

— Claro, irmão. Venha ver.

Ao chegar à porta que dava acesso ao fundo do casebre, o médico teve uma bela surpresa.

— Que vista mais linda, irmão. Daqui de cima dá para ver Belo Horizonte quase toda. E olha que, a meu ver, essa vista é mais bonita do que a dos bairros mais nobres da cidade — inclusive o meu, pensou.

— É verdade. E só a gente que é pobre sabe disso — respondeu rindo.

— Posso fazer-te uma pergunta, Laudelino.

— Claro, irmão.

—Deus quer que façamos votos de pobreza?

O amigo sorriu e respondeu:

— Veja bem, Alberto. O Senhor está sempre buscando o nosso melhor. Na irmandade, há irmãos muito pobres, financeiramente, assim como outros que são muito ricos. O dinheiro em si não é um problema, mas o que fazemos com ele pode ser. O rei Davi, por exemplo, era muito rico e ainda assim abençoado por Deus. Já o rei Esaú, que também era rico, não recebia as bênçãos do Senhor, porque tudo o que o Todo-Poderoso lhe pedia, Esaú não fazia.

— Então, o Senhor não quer que sejamos pobres, mas apenas obedientes?

— Sim, contudo, há situações em que Deus nos pede coisas que, a princípio, seriam vistas como votos de pobreza, como, por exemplo, dar tudo o que temos para ajudar alguém. Entretanto, nesses casos extremos, o Senhor apenas quer nos ensinar a caridade e o desapego.

Laudelino fez uma pausa, olhou nos olhos do amigo e completou:

— Seja o que for que o Senhor esteja te pedindo, pode ter certeza de que será para o teu bem. Vai valer a pena.

Alberto agradeceu e mudou de assunto.

Gradativamente, o médico foi se acostumando com o lugar, e semelhante ao que aconteceu na viagem, foi se sentindo à vontade e tomando gosto pelo local.

A conversa fluiu gostoso e quando menos percebeu, já estava entardecendo.

Com pesar, se despediu dos amigos e voltou para sua mansão.

Ao chegar nessa, olhou tudo à sua volta e sentiu que nada daquilo fazia mais sentido para ele.

— Será que eu estou ficando louco? — disse baixinho a si mesmo.

— O que eu vi de tão interessante naquele lugar deprimente? Por que minha casa linda e maravilhosa, que eu construí com tanta dificuldade, não me encanta mais? Não. Eu não vou morar na favela. Não vou.

Uma semana se passou e, após lutar espiritualmente com o pedido de Deus, Alberto retornou ao local e procurou saber se havia algum barracão para alugar.

Menos de duas semanas depois, lá estava Alberto, morando em sua nova casa, como o Senhor havia lhe pedido.

O casebre era semelhante ao de Laudelino. Nesse, Alberto apenas levou uma rede, um cobertor, uma geladeira pequena, um fogão de indução portátil com apenas uma boca, uma lavadora de roupas, dois pratos, dois garfos, duas colheres, duas facas, dois copos, a bicicleta e um guarda-roupa. Pronto. Se precisasse de mais alguma coisa, iria buscar na outra casa, pensou.

Tão logo terminou de ajeitar tudo, viu que o Sol se punha logo à sua frente, tendo como pano de fundo a cidade inteira. Era um espetáculo único que há muito não contemplava. Agora, poderia fazê-lo todos os dias.

Mal havia acabado de se acomodar, veio uma nova mensagem dos Céus.

— Há uma pessoa enferma que eu quero que você
cure.

O cirurgião não tinha nem tido tempo para apreciar
seu novo canto.

Melhor assim, pensou. Contente, Alberto se levantou
prontamente.

— Fala que eu te escuto, Senhor.

E partiu porta afora.

AS SETE BALAS

Primeiro veio um grito, seguido de um palavrão. Logo
depois, um tiro, e em seguida, uma chuva infernal de
balas.

Alberto estava deitado em sua rede, dormindo,
quando percebeu os projéteis atravessando as paredes
de seu humilde cômodo. Por reflexo, se jogou no chão,
tentando se proteger de alguma bala perdida.

Era a primeira vez que ele via de tão perto a violência do morro. Sabia que a favela era instável, mas sempre que ouvia tiros, eram distantes. Naquela noite, era diferente.

De dentro do casebre, ouviu vozes e o som de botas correndo atrás da porta. Devia ser a polícia, pensou.

O tumulto durou alguns minutos, até que, de repente, tudo ficou em silêncio. Nenhum tiro, nenhum passo, nenhuma voz alta. Parecia que havia terminado. Alberto se perguntou se podia se levantar, quando alguém chutou fortemente a porta. Ela cedeu e se escancarou. Tudo aconteceu muito rápido. Um homem entrou, fechou a porta, sentou-se no chão e apoiou as costas na madeira, bloqueando a saída.

O rapaz estava todo sujo de sangue, respirando com dificuldade. Provavelmente fugindo dos militares, concluiu Alberto.

O jovem não percebeu a presença de Alberto, talvez por causa da escuridão. Em desespero, sussurrou:

— Oh Deus da minha mãe, não me deixa morrer. Não me deixa morrer. Não me deixa…

E desmaiou.

Alberto se aproximou e examinou seu estado. A pulsação estava fraca, embora o rapaz tivesse corrido momentos antes. Havia perfurações em diferentes partes do corpo: eram as balas da perseguição. O moço não devia ter mais de vinte e cinco anos. Muito jovem para morrer, murmurou Alberto consigo mesmo.

— Não posso ficar com esse homem aqui. Se a polícia o achar, estarei encrencado.

— Cure-o, Alberto — falou o Senhor.

— Mas Mestre, esse cara deve ser um bandido.

— Eu o trouxe até você não por acaso. Tenho uma obra com ele. Cure-o.

Alberto suspirou, meio contrariado, ergueu a mão direita e a pousou sobre o peito do estranho, ordenando com autoridade:

— Balas! Em nome de Jesus Cristo, saiam deste homem agora, e que ele seja curado.

Como em um filme ao contrário, as balas começaram a sair do corpo, caindo ao chão. Os buracos das perfurações se fecharam gradativamente, até desaparecer completamente.

Alberto se maravilhou com o poder do Senhor. Nenhum cirurgião no mundo poderia fazer aquilo, e certamente não com tamanha rapidez e sem deixar cicatrizes.

Havia sete balas no chão. O médico as recolheu, pôs em um copo de vidro e guardou na geladeira, pois não havia armários na casa.

— E agora? — pensou. — O que faço com esse sujeito? A polícia vai achar rastros de sangue e vir até minha casa. Estou encrencado.

Ainda confuso, Alberto pegou o rapaz nos braços, como um pai acolhe um filho, e ficou ali, abraçado, esperando a polícia.

As vozes e os passos intensos ressurgiram, mas, de repente, um silêncio sepulcral tomou conta do lugar. Nem um latido se ouvia. Era como se o mundo tivesse parado. Alberto fechou os olhos e, sem perceber, relaxou e dormiu.

***

Pouco mais de oito horas da manhã. O Sol brilhava forte, os cachorros latindo, o povo falando alto na rua, provavelmente comentando a noite anterior.

Alberto acordou com o rapaz encostado em seu peito. Ambos haviam dormido sentados ao pé da porta. Seu corpo doía pela posição desconfortável. Com cuidado, ajeitou o corpo do rapaz para poder se levantar.

O jovem despertou assustado, rapidamente se pôs de pé e sacou uma faca que escondia no tornozelo.

— Calma, rapaz. Calma. Não vou te fazer mal.

— Quem... quem é você? O que estou fazendo aqui?

— Primeiro, abaixe a faca. Você pode ferir alguém. Ontem à noite, você arrombou a porta da minha casa e entrou fugindo da polícia, lembra?

O rapaz, confuso, olhou para suas roupas e percebeu os vestígios de sangue seco, os buracos de bala na camisa e na bermuda. Lentamente, tocou o corpo e constatou que não havia ferimentos. Nenhum arranhão.

— Eu me lembro... — disse, gradualmente recobrando a lucidez. — Eu estava todo perfurado de balas... Mas não estou morto. Não entendo... Isso é um sonho? Eu morri?

Alberto, tranquilo, aproximou-se, retirou a faca da mão do rapaz e o convidou a sentar no chão. Foi até a geladeira, pegou o copo com as balas e entregou:

— Isso estava dentro de você.

O jovem olhou para os projéteis, voltou a procurar por marcas no corpo.

— Não há cicatrizes. O trabalho de Deus é perfeito. Às vezes Ele deixa marcas para lembrarmos de Sua presença, mas não é o seu caso.

— O senhor é médico?

— Minha profissão pouco importa aqui. Não fui eu quem te curei. Apenas fiz a vontade do Criador. O mérito é Dele.

— Como assim "fazer a vontade de Deus"?

— Nada disso está em nossas mãos. Deus tem o poder. Ele me emprestou um pouco desse poder, e, por Seu intermédio, ordenei que as balas saíssem do teu corpo.

— Você ordenou as balas?

— Há muito mais entre os Céus e a Terra do que podemos perceber. Mas basta pedirmos a Deus, e Ele fará. "Pedi, e dar-se-vos-á; buscai, e encontrareis; batei, e abrir-se-vos-á." Está na Bíblia, Mateus 7:7. Aceita um copo de água com limão? Faz bem à saúde, principalmente antes da primeira refeição.

O jovem, ainda assustado, perguntou:

— O senhor é crente?

— Não sou um bom exemplo, mas sim, sou.

— Cara... você sabe quem eu sou?

— Não faço ideia.

— Eu sou bandido, tá me entendendo?

— Você já matou alguém?

— Matar? Isso é pouco. Eu sou do mal, cara.

O rapaz olhou para o canto vazio, fez uma pausa e continuou:

— Deus não me ama. Já fiz muita coisa ruim... Não mereço ser curado.

— Estou te entendendo — disse Alberto, estendendo o copo com água e limão. — Beba.

O jovem fez careta, mas bebeu tudo.

Alberto se agachou e sentou de frente para ele:

— Eu ainda estou aprendendo. Quando Deus me manda curar alguém, é porque a pessoa está pronta.

— Pronta para quê?

— Para mudar de vida e segui-Lo.

— Quer dizer que tenho que virar crente agora?

— Lembra das últimas palavras que disse ontem, antes de desmaiar?

— Desculpa pela porta, cara...

— Está tudo bem. É só uma porta.

O rapaz olhou para o canto vazio, refletiu e, com os olhos marejados, disse:

— Eu disse... "Oh Deus da minha mãe, não me deixe morrer."

Alberto sorriu:

— Exatamente isso. Ele ouviu sua oração.

— Oração? Eu não sei rezar.

— Rezar é conversar com Deus. Ele não é um estranho, é um amigo.

— Mas eu sou mau, como vou ser crente?

— Deus já te perdoou. Apenas isso importa. Volte para casa, procure sua mãe e conte o que aconteceu. Ela vai te ajudar a ser melhor.

O rapaz se levantou, andando de um lado para outro:

— Como Ele pode me perdoar? Fiz muita coisa ruim...

— Se fosse por merecimento, ninguém escaparia. Todos pecamos, mas o Senhor é misericordioso.

O jovem olhou para Alberto, despido de orgulho, e o abraçou, chorando copiosamente.

— Os teus pecados foram perdoados. Vá e não peque mais.

Antes de sair, perguntou:

— Posso levar essas balas para mostrar à minha mãe?

— Claro. Guarde-as com carinho. Sempre que alguém disser que Deus é apenas filosofia barata, mostre as sete balas.

O rapaz sorriu, pegou os projéteis e saiu, transformado.

A ÁGUA QUE CURAVA

A rotina na favela era bem diferente da que Alberto levava na zona nobre. Na comunidade, todo final de semana havia festa. Apesar das dificuldades, o povo sempre encontrava uma maneira de comemorar a vida com os amigos.

Alberto tentou manter seus hábitos de antes, isolado dos outros, mas logo que se mudou, alguém bateu à porta de sua casa.

— Bom dia, moço. Sou seu vizinho de parede. Minha mulher fez este bolinho de fubá e me pediu para lhe trazer. Espero que não se importe.

O médico ficou sem palavras. Nunca antes havia presenciado algo assim. Sem graça, agradeceu e, sem pensar direito, convidou o novo amigo a entrar.

— O senhor tem poucos móveis. A vida não está fácil para ninguém, né?

Alberto achou mais fácil concordar do que explicar que preferia assim.

A conversa fluiu rapidamente, e logo estavam na rua, sendo apresentados a outros moradores. O cirurgião omitiu que era médico — ninguém acreditaria mesmo — e limitou-se a dizer que trabalhava no hospital.

Diferente de sua vida anterior, as pessoas na comunidade viviam mais tempo na rua do que em casa. Naquela tarde, fez mais amigos do que em toda a sua vida. Sem perceber, Alberto se transformava. Antes isolado em sua mansão, agora mal ficava em casa. Tornava-se mais alegre e extrovertido, surpreendendo-se positivamente com a própria mudança.

Rapidamente, tornou-se popular. Todos gostavam dele. Muitos iam ao bar beber, mas, apesar de apreciar um bom whisky, Alberto achava prudente não participar. Havia deixado claro a todos que era evangélico, e muitos se escandalizariam se o vissem bebendo.

Na maioria das vezes, limitava-se a jogar dama com os rapazes, algo inofensivo.

— Me dá um remédio para dor de cabeça aí, Toninho! — gritou Argemiro, um dos clientes do bar que Alberto frequentava.

Os botequins da favela vendiam bebidas, mas também de tudo um pouco, incluindo remédios comuns.

— Onde dói, Argemiro? — perguntou Alberto, ainda em meio a uma partida de damas.

— Oh, seu Alberto! Desculpa, não te vi aí sentado. Tudo bem?

— Tudo. Graças a Deus. E você?

— Uai, sô, dói mais no tampo — respondeu Argemiro, fazendo referência à parte superior da cabeça.

— Posso dar uma olhada?

— Você agora é médico? — perguntou rindo, puxando uma cadeira e se aproximando.

— Conheço alguma coisa. Deixe-me ver tua pupila... Mostre a língua... Teu estômago dói? Há quanto tempo vem essa dor? Tem azia também?

Após observar, Alberto desconfiou que Argemiro tivesse gastrite leve ou moderada. Exames mais profundos seriam inúteis: com que dinheiro faria uma endoscopia? E no SUS, provavelmente desistiria da fila.

Em pensamento, perguntou ao Senhor se poderia curá-lo. A resposta veio positiva. Alberto agradeceu e voltou a conversar com o rapaz:

— Se você tomar o remédio, só aliviará a dor. O problema continuará. Precisa resolver a causa, não a consequência, entende?

— Mas dói muito, seu Alberto. Tá tirando minha paz.

O médico olhou ao redor, pensou e se levantou:

— Toninho, posso usar sua cozinha por um minuto?

— Claro, seu Alberto. Vem cá. — Toninho levantou uma tábua que impedia a entrada na área restrita do bar.

Alberto pegou um copo de água do filtro, fez uma oração pedindo que Deus abençoasse a água, misturou alguns temperos da prateleira e, antes de dar ao rapaz, ordenou em pensamento:

— Em nome de Jesus Cristo, cure este homem.

— O gosto é ruim, mas vai resolver teu problema. Beba tudo.

Argemiro olhou desconfiado.

— Beba logo, homem. Se não melhorar, toma teu remédio — disse Alberto, confiante.

O rapaz bebeu tudo de um gole, reclamou do gosto, mas logo percebeu o efeito:

— Parece purgante, seu Alberto!

O médico sorriu, respirou fundo e, então, lhe fez a pergunta derradeira:

— E agora, a dor continua te incomodando?

Valdevino parou de rir, ficou sério e respondeu:

— Uai, sô. A dor foi embora mesmo. Não tô sentindo mais nada. Nem mesmo a azia que me persegue. Esse troço é bom demais, seu Alberto. O que o senhor pôs nesse trem?

Não querendo tirar o mérito de Deus, respondeu em tom de brincadeira:

— Nada demais. Apenas uma cuspidinha. O principal foi Deus quem fez.

Todo mundo riu.

Argemiro, contente da vida, foi logo pedindo uma pururuca para beliscar, puxou novamente a cadeira e se sentou ao lado do amigo, e começaram a prosear sobre o dia a dia deles.

O fato é que no dia seguinte apareceram três pessoas no bar do Toninho procurando pela água milagrosa do seu Alberto. O médico repetiu o processo e, assim, além de curar aquele povo sofrido de suas mazelas, fazia gradativamente mais amigos.

***

Era pouco mais de sete horas da manhã quando alguém bateu à porta do barraco de Alberto. O médico já estava acordado, claro. Ele costumava se levantar às seis da manhã, mas não era comum que alguém viesse à sua casa naquele horário. A pessoa do lado de fora parecia impaciente, pois voltou a bater pouco depois da primeira chamada.

—Seu Alberto, seu Alberto! — gritou o sujeito do lado de fora.

Curioso, o médico foi rapidamente até a porta para ver quem era. Ao abrir, reconheceu Argemiro, um dos amigos que frequentava o bar do Toninho. Ele parecia aflito com alguma coisa.

—Desculpe, seu Alberto, por incomodá-lo tão cedo, mas é que há uma multidão de gente lá no bar procurando pelo senhor. O Toninho não sabe o que fazer, por isso me pediu para correr até aqui e chamá-lo.

O cirurgião apenas vestiu uma blusinha leve de frio e juntos foram verificar do que se tratava.

O bar não ficava longe; era logo ali na viela de baixo. Assim que fizeram a curva do beco, já foi possível avistar a turba. Como não o conheciam, foi fácil passar entre eles e chegar até o estabelecimento comercial sem despertar a atenção.

Foi fácil descobrir por que toda aquela gente estava ali. Queriam também tomar a água amarga que ele havia dado dois dias antes ao amigo Argemiro. Eram pessoas simples de todo tipo: mulheres, homens e crianças. Alguns visivelmente doentes, concluiu o médico.

Alberto entrou no bar e foi direto falar com Toninho, que estava visivelmente aflito.

—Calma — disse o cirurgião. —Vamos resolver isso.

Ele olhou em volta como se procurasse algo.

—Você tem aquelas garrafinhas plásticas de 500 ml de água?

—Tenho. Estão lá no fundo do bar.

—Posso vê-las?

—Claro — respondeu, já caminhando acelerado até o local.

O médico viu a pilha de garrafas armazenadas e concluiu que deveriam ser suficientes.

—Vou comprar todas. Leve-as para mim até a frente do bar, mas antes, organize uma fila para mim, entre os doentes. Você acha que consegue?

Ainda assustado, o rapaz respondeu:

—Acho que sim.

—Ótimo. Então vá. Eu só preciso de um minuto aqui, tudo bem?

—Fique à vontade, seu Alberto.

O médico, em pensamento, começou a conversar com Deus e pediu que abençoasse toda aquela água. Ele pôs suas mãos sobre os fardos e disse com autoridade:

—Água, em nome de Jesus Cristo, eu te ordeno: cure todos de suas enfermidades.

Um pensamento lhe passou a mente. Será que daria certo? Nunca havia tentado isso em uma multidão.

—Senhor, faça de mim o teu instrumento — disse o cirurgião.

Imediatamente, sentiu a presença de Deus. Confiante, voltou para a frente do bar.

Demonstrando controle da situação, ele se sentou a uma mesa logo na entrada do estabelecimento comercial e chamou o primeiro da fila:

—Pode se sentar aqui, meu senhor. O que você está sentindo?

O homem se queixou de dor na coluna, rins, tontura, articulação... Era uma lista de problemas sem fim.

Alberto, em pensamento, perguntou ao Criador se poderia curá-lo. A resposta foi positiva.

Com um sorriso, pegou uma das garrafas do fardo, que Toninho havia acabado de depositar sobre os pés do médico, pegou um copo limpo, abriu o vasilhame, despejou o conteúdo dentro desse e deu ao moço para beber, dizendo antes:

—Eu não curo nada. Quem cura é Deus. Você crê nisso?

—Creio sim, senhor!

—Ótimo. Então, beba tudo.

O enfermo pegou o copo, como quem pega algo sagrado, levou-o à boca e o bebeu. Em seguida, levantou-se, olhou para as mãos que até pouco tempo tinham artrite, abriu e fechou os dedos e, com lágrimas nos olhos, disse:

— Não sinto mais dor nenhuma, moço. Nem nas mãos, nem nos braços, nem na coluna, nem nos rins...

Era gratificante ver Deus operar, pensou Alberto, com seus olhos também marejados.

— Vai, meu amigo. A tua fé te salvou.

Ele mandou sentar o próximo.

— Vou precisar de alguns copos limpos aqui, Toninho. Você pode me ajudar?

— Claro, seu Alberto. Tudo o que o senhor precisar.

Gradativamente, o povo foi sendo atendido. Diante do dono do bar e de Argemiro, que também ajudavam a organizar as pessoas, as pessoas eram libertadas de suas moléstias.

— Ele não pôs nada na água, Argemiro — cochichou Toninho ao seu amigo. — Nem um salzinho.

— Fica quieto, Toninho. Deixa o homem trabalhar.

Lentamente, a fila foi diminuindo, até que no final da tarde, o último enfermo foi atendido.

Exausto, o cirurgião foi até os dois amigos para agradecer.

— Quanto te devo, Toninho?

— O seu Alberto. Não posso te cobrar, não. O que eu vi aqui hoje, só Deus para explicar. O senhor parecia um anjo.

Alberto sorriu.

— Com essa multidão na porta, o teu movimento no bar deve ter sido bem ruim. Deus me deu condições de ter um pouco de dinheiro.

— Que nada, seu Alberto. Nunca vendi tanto como hoje, principalmente, trem para comer — disse satisfeito o comerciante.

— Deixa eu pagar ao menos a água então?

O rapaz coçou a cabeça.

—Não sei se devo, seu Alberto. Foi bonito demais tudo o que eu vi.

—Amanhã deverão aparecer mais. Eu preciso ter certeza de que tudo irá funcionar como um relógio, inclusive que haverá água para todo mundo. Para isso, eu preciso garantir que você não tenha prejuízo.

Tirou da carteira um maço de notas graúdas e deu ao amigo sem se importar com o troco. Agradeceu e voltou contente para casa.

Ele estava exausto e com fome, todavia, cada segundo daquele dia havia valido a pena, pensou.

Enquanto esquentava sua janta, ainda encontrou forças para dobrar os joelhos e agradecer a Deus por ter sido seu instrumento.

—Obrigado, Senhor. Obrigado por ter confiado a mim esse privilégio de ver o teu poder curar tantas pessoas. Obrigado por ter dado um sentido novo à minha vida. Obrigado por me ensinar o sentido da vida: amar ao próximo como se fosse eu mesmo e a Ti, Senhor, acima de tudo e de todos.

***

A cada dia a multidão aumentava rapidamente.

Felizmente, a ajuda preciosa de Toninho e Argemiro, garantiam que tudo funcionasse bem.

99

Curiosamente, às vezes, o Senhor lhe respondia que ainda não era tempo. Quando isso acontecia, ele respondia ao necessitado que o caso dele era mais grave e que deveria procurar um médico. Assim, conseguia se esquivar de ter que lhe explicar que o Senhor não havia lhe autorizado a curá-lo. Era mais simples falar isso.

Foi somente conversando com Laudelino, seu amigo na igreja, que ele se lembrou do que o anjo Gabriel havia lhe dito. Muitas vezes, a prova da enfermidade era um catalisador para fazer com que as pessoas se aproximassem mais de Deus.

—Mas qual pai põe uma enfermidade em seu filho para que esse o ame? — perguntou Alberto.

—O Senhor não precisa por enfermidade em ninguém. O próprio ser humano as arruma muitas vezes. Seja se entupindo de comida ruim, dirigindo embriagado pelas ruas, sem capacete ou, simplesmente, se metendo em situações que atentem contra sua própria vida. Contudo, há pessoas que o Criador reserva para si. — completou Laudelino. —Essas pessoas são especiais para o Todo Poderoso e Ele irá fazer de tudo para tê-las consigo. Elas são denominadas os escolhidos de Deus (Mateus 22:14).

Infelizmente, muitos enfermos, após serem curados, nunca mais voltavam a falar com o Criador.

A missão de Alberto era clara para ele. Estava ali para curar as pessoas que Deus lhe mandasse. Se elas iriam se aproximar do Criador era outro detalhe. Não caberia a ele se preocupar com isso.

Apesar de poder voltar para sua mansão no bairro dos Mangabeiras a hora que quisesse e reaver sua antiga vida, o médico estava gostando da nova experiência.

A transformação de Alberto ocorria a passos rápidos. Há pouco tempo, era um médico individualista, ateu e sozinho. Agora, amava se relacionar com as pessoas simples, acreditava fortemente em Deus e tinha inúmeros amigos.

***

Era pouco mais de onze horas da noite. Alberto continuava no bar, atendendo aos infinitos doentes que chegavam em busca da água milagrosa. Era visível o cansaço do médico, Toninho e Argemiro, seus ajudantes. O trio estava de pé desde muito cedo.

— Essa é a última garrafa de água — falou o dono do bar, tão logo a colocou sobre a mesa do consultório improvisado do cirurgião.

Alberto já temia que isso aconteceria, em algum momento, só não esperava que fosse tão rápido. Foi só neste momento que se deu conta da hora avançada do dia.

Ao olhar para a fila para ver até onde se estendia, não conseguiu ver seu fim. Eram pessoas que vinham de diferentes lugares da favela e, provavelmente, da cidade.

O cirurgião olhou para os rostos de cada um dos enfermos logo à sua frente. Eram homens, mulheres e crianças sofridos, percebeu. Alguns revelavam suas enfermidades a um simples olhar, como coloração da pele anormal, dos olhos ou queda precoce dos cabelos, por exemplo. Outros carregavam suas doenças de forma velada. A questão era que, independentemente da necessidade, ele não poderia simplesmente se levantar e dizer ao povo:

— A água acabou. Voltem amanhã! Mas, o que eu posso fazer, Senhor?

O Todo Poderoso, mais uma vez, respondeu rapidamente e com doçura ao seu servo.

— Cure o meu povo, Alberto. Sem água mesmo.

O cirurgião entendeu claramente o que aquilo significava. Ele sabia que tão logo passasse a curar os desafortunados apenas com a imposição das mãos, todos saberiam que o poder da cura vinha dele e não daquela água tida como milagrosa. Provavelmente, já sabiam disso, pensou, entretanto, assim que isso fosse revelado de modo explícito, não teria mais sossego.

— O que de pior poderia acontecer? — ele se perguntou. — Eu seria assediado dia e noite. Mas isso já está acontecendo. — Concluiu rindo de si mesmo.

O médico, então, se pôs de pé, olhou para a mãe com a criança enferma que estava em seu colo, logo à sua frente. Provavelmente, acometida de um câncer, a julgar pelo seu estado, e lhe perguntou:

— Minha senhora, esta é a última garrafa de água, mas eu não preciso dela para curar seu filho. Eu só preciso que a senhora creia. A senhora crê que o poder de Deus, a mim confiado por Ele, possa curar esse menino de suas enfermidades?

A mulher, com os olhos marejando, assentiu com a cabeça.

— Ótimo. Enfermidade, em nome de Jesus Cristo, eu te ordeno: Saia dessa criança agora.

Pôs sua mão sobre o jovenzinho, que candidamente dormia no colo de sua genitora. Tão logo o fez, seus olhos se abriram e, instantaneamente, sua coloração, até então um cinza de morte, se transformou em um rosado cheio de vida. Seus olhos, antes opacos, voltaram a brilhar.

A mãe olhou seu menino visivelmente transformado e, em lágrimas, repetia:

— Obrigada, moço. Obrigada...

— Não agradeça a mim. Agradeça a Deus. Toda honra e glória sejam dadas apenas a Ele.

E partiu para atender a próxima pessoa da fila.

A cena se repetiu. Ele pôs a mão sobre o enfermo e ordenou que a enfermidade saísse dele, fosse essa qual fosse. Pouco importava a Alberto saber. O cirurgião compreendia que era o Senhor quem curava, e Ele sabia claramente o que tinha que ser feito. Desse modo, rapidamente, passou para a terceira pessoa da fila e assim, sucessivamente, deixando para trás um rastro de felicidade e euforia.

— Toninho. O seu Alberto não é deste mundo. Ele é um anjo mesmo — comentou Argemiro com seu amigo.

—E pensar que eu joguei damas com ele — completou o dono do bar, acompanhando com os olhos o cirurgião descendo a ladeira, tocando e libertando as pessoas.

A fila, que até então era parcialmente organizada nas proximidades do bar, se tornava disforme à medida que se distanciava do estabelecimento comercial. Era normal. Era quase impossível querer que as pessoas conseguissem se manter ordenadas com a supervisão apenas dos dois ajudantes de Alberto.

Isso importava pouco agora que o médico caminhava morro abaixo, libertando todo aquele povo.

Alberto já havia andado duas ruas, e a fila continuava sem fim.

O médico parecia estar em uma espécie de transe. Apenas ouvia o som que saía de sua boca, ordenando que as enfermidades fossem embora. Tudo passava agora como se fosse um filme em sua mente. Aqueles rostos sofridos se transformando em felicidade à medida que iam sendo libertos.

Os sons das pessoas falando iam ficando cada vez mais distantes nos ouvidos do cirurgião. Então, após mais de quatro ruas e centenas de pessoas curadas, Alberto viu sua vista escurecer, cambaleou e, por fim, caiu desmaiado no chão.

O médico havia encontrado o seu limite físico.

***

O quarto do hospital tinha pouca luz. Os médicos assim haviam recomendado. Alberto precisava descansar após uma estafa física e mental.

Quando abriu os olhos, viu ao seu lado Valdivino.

— Onde estou?

O amigo se levantou da cadeira, foi até o médico e lhe explicou tudo o que havia acontecido, orientando-o a fazer repouso e falar o mínimo possível.

— Por que você está aqui, Valdivino?

— Uai. Porque sou seu amigo — respondeu, com simplicidade, o rapaz.

O cirurgião sorriu com o que ouviu. Amigo, uma palavra que até pouco tempo atrás não era muito ouvida por ele.

— Obrigado por ficar comigo aqui no hospital.

— Para mim, é uma honra fazer isso, seu Alberto. O senhor é meu único amigo que é anjo.

— Eu não sou anjo, Valdivino. Sou apenas um pobre homem aprendendo cada dia um pouco mais sobre o sentido da vida. Apenas isso.

O rapaz não entendeu nada sobre aquilo, contudo, continuou convicto de que Alberto não era desse mundo.

— O Toninho pediu para te dizer que só não dormiu aqui com o senhor porque precisa manter aberto o bar, senão ele não consegue pagar as contas, mas ele já veio aqui diversas vezes nestes últimos três dias.

— Eu fiquei desacordado três dias?

— Foi — confirmou o moço.

— E as pessoas doentes da favela?

— Ainda aparecem alguns querendo ser tocados pelo senhor, mas a maioria já sabe que o senhor passou mal. Doente, seu Alberto, sempre vai ter no mundo — concluiu sorrindo.

Os dois homens continuaram conversando quando foram interrompidos pelo médico que acompanhava o caso do cirurgião.

— Bom dia, doutor Alberto — disse Fausto, seu velho amigo de trabalho no Pronto Socorro de Belo Horizonte.

— Oi, Fausto. Olha eu aqui te dando trabalho de novo.

— É, meu amigo. Você anda fazendo muita estripulia por aí. Não sei ao certo o que é, mas seu corpo simplesmente não aguentou.

Alberto olhou para Valdivino, quase pedindo segredo sem nada dizer, e voltou a questionar o colega:

— É algo grave, Fausto?

— Os exames que fizemos quando você deu entrada no hospital eram preocupantes. Você parecia um velho de noventa anos. Curioso que agora, estou com novos exames e esses mostram uma recuperação fantástica.

Você possui uma capacidade regenerativa incrível. Se eu não te conhecesse, diria até que está mais jovem hoje do que quando tinha trinta anos.

— Então, já posso ter alta?

— Vamos com calma. Não quero te liberar antes de ter certeza de que tudo está bem.

Alberto ainda ficou mais dois dias antes de sair do hospital.

Mais forte e revigorado, voltou para o seu barracão na favela.

Ao fechar a porta, o Senhor lhe falou:

— A sua missão terminou aqui, Alberto. É hora de voltar para a tua casa.

***

Era uma segunda-feira quando Alberto, de carro, passou pela praça Milton Campos, no cruzamento entre as avenidas Afonso Pena e avenida do Contorno e avistou o senhor Antônio, o mendigo.

Ele sinalizou para ele e encostou o carro na guia.

— Oi, seu Antônio. Quanto tempo, não?

— Oh, seu Alberto. O senhor sumiu?

— Pois é. Estava cuidando de alguns assuntos importantes.

O mendigo sorriu em sua simplicidade.

— Tenho uma coisa para o senhor, seu Antônio. O senhor aceita?

— Claro, seu Alberto. Com o maior prazer.

O médico retirou do bolso uma chave e entregou-lhe dizendo:

— Essa é a chave da tua nova casa. É uma casa simples. Fica aqui na favela do Cafezal. Lá já tem o básico para o senhor começar uma vida nova. E é bem melhor que dormir na rua. O senhor aceita?

O velho o olhou chorando e respondeu:

— O senhor está falando sério?

— Sim. Estou. Além da casa, os meus advogados irão se certificar de que tanto a conta de luz, água e até o supermercado sejam pagos enquanto o senhor viver. Se você tiver um tempinho, podemos ir lá agora mesmo para o senhor conhecê-la. O que você acha?

— Isso é alguma brincadeira, seu Alberto?

— Não seu Antônio. É real. Deus me pediu que lhe desse esse presente. O senhor aceita?

O velho se aproximou da janela do automóvel e respondeu:

— Eu aceito sim, seu Alberto. Posso te dar um abraço?
— Pode. Pode sim.

Alberto soltou o cinto de segurança, abriu a porta do automóvel, desceu do veículo e abraçou seu amigo. Imediatamente, o Senhor os visitou.

Quem passava no local via um homem finamente vestido abraçado a um mendigo sujo e ambos choravam de alegria.

MUDANÇA DE HÁBITO

O Sol já ia alto no horizonte quando Alberto despertou. Ainda deitado em sua rede, olhou ao redor da sala finamente decorada na qual agora dormia e sentiu saudade do barracão na favela do Cafezal.

Não era pelo barraco em si, que apesar de simples tinha tudo o que precisava. Era pelas pessoas. Pelo povo humilde, acolhedor, que o tratava não pelo que ele tinha, mas pelo que ele era. Sentia falta dos vizinhos de porta, do amigo Toninho, de Argemiro e de Laudelino, seu amigo da igreja. Eram todos pessoas extraordinárias.

Se contasse isso a alguém, diriam que estava louco.

Agora estava de volta à sua mansão no bairro nobre dos Mangabeiras. Uma casa linda, sem dúvida, mas ele nem sequer sabia os nomes dos vizinhos ao lado.

Com quem iria jogar damas agora? Ou ouvir os casos engraçados do Toninho? Ou os comentários divertidos de Argemiro?

— Deus, o Senhor me mostrou um mundo que eu não conhecia, e eu me apaixonei por ele. Se antes eu achava que, ao me mudar para a favela, estava fazendo um voto de pobreza, agora sei que, na verdade, era um voto de riqueza. Aqui eu sou pobre… tão pobre que a única coisa que tenho é dinheiro. Só isso. O que faço agora, Senhor?

Uma brisa suave passou pela porta da varanda, envolvendo-o, e a voz do Criador ecoou em sua mente:

— Há ainda muitas outras favelas em Belo Horizonte, no Brasil e no mundo, Alberto. Basta escolher uma e fazer o que aprendeu tão bem.

— É verdade, Senhor. Não havia pensado nisso. — Agradecido, ele se levantou da rede, ajoelhou-se e fez sua primeira oração do dia.

Em seguida, vestiu uma roupa simples, pegou sua bicicleta e seguiu em direção à favela do Taquaril, uma das mais violentas da capital mineira.

Um novo dia estava apenas começando.

PARAÍSO

O galo bateu as asas e, em seguida, cacarejou. Alberto abriu os olhos e, à sua frente, ainda parcialmente escondidas pela penumbra da noite, surgiam as majestosas montanhas da Serra do Cipó, contornadas por um vermelho intenso no horizonte. Era o clarão do

Sol esculpindo os contornos da serra, anunciando mais um dia de vida na Terra.

Deitado em sua rede, no meio de um pomar repleto de árvores frutíferas, o médico se espreguiçou e disse a Deus:

— Bom dia, meu Pai.

Tão logo falou, saltou da rede, foi até uma bica de água próxima, lavou o rosto e voltou a contemplar o nascer do sol.

— Que maravilha, Senhor. E pensar que o mundo dorme enquanto este espetáculo acontece.

O médico se ajoelhou e fez a primeira oração do dia.

Ao seu redor, estendia-se uma floresta de dez hectares que havia comprado com o dinheiro da venda de sua mansão, um refúgio que o mantinha escondido do mundo. Não distante dali, uma pequena cachoeira corria, e ao seu lado estava o chalé de 40 m² que havia construído para si. Apesar do conforto, muitas vezes Alberto preferia dormir na mata, junto aos seus animais de estimação.

Era nesse pequeno paraíso que o cardiologista se abrigava nos finais de semana, longe da agitação da cidade grande, recarregando suas energias para, na segunda-feira, retomar sua missão de curar pessoas e almas.

Mais próximo à rodovia, havia um pequeno prédio com uma placa de metal pregada à parede: "Fundação Paraíso". Era uma instituição de caridade que Alberto criara para abrigar pessoas sem moradia. Ao todo, eram 21 moradores. Cada um tinha seu quarto com banheiro, e a pequena comunidade era dedicada à produção de alimentos orgânicos, como frutas, legumes e verduras. Todos recebiam salários, e o lucro era dividido entre eles. Alberto não ficava com nada. Argemiro, seu amigo, era o administrador da Fundação e morava com sua família em outro chalé próximo.

Se Alberto não fosse espiritual, teria ficado receoso de confiar a tarefa a Argemiro. Mas havia sido o Senhor quem indicara o rapaz. Uma recomendação divina valia mais do que qualquer processo de seleção. Na prática, o jovem gerente superava as expectativas: dedicado e humilde, era querido por todos e garantia que o trabalho fosse feito, assegurando que os abrigados tivessem as melhores condições de vida naquele pedaço de chão maravilhoso que o Todo-Poderoso havia preparado.

O cirurgião mantinha as boas amizades conquistadas na favela, especialmente Toninho, Argemiro e, claro, Laudelino, com quem se encontrava todas as semanas na igreja.

Vivendo cada vez mais uma vida simples, Alberto se sentia o homem mais feliz do mundo. Era uma transformação que só o Criador poderia proporcionar. Quando olhava para trás, lembrando-se de quem era e de quem se tornara, apenas uma frase vinha à sua mente:

— É preciso saber viver.

LIVROS DO AUTOR

FERNANDO
O Filho Pródigo

Baseado em fatos reais, este é o relato do amor incansável de uma mãe por Fernando, seu filho perdido.

Do roubo à mão armada ao tráfico de drogas, sua vida toma um rumo inesperado ao ser preso. É nesse cenário improvável que se inicia um processo de transformação — marcado por dor, fé e a construção de um novo homem, agora lapidado por Deus.

Disponível na Amazon

O Último Legionário
Guerras e Milagres

Há dois milênios, ele foi condenado a não morrer. Carregando a culpa e o peso de sua imortalidade, ele testemunha a história se desenrolar, lutando em guerras que não são suas.

Porém, com sua maldição, veio também um dom inesperado: a capacidade de curar. Dividido entre sua natureza violenta e sua nova missão, ele busca em cada ato de misericórdia o sentido para sua longa jornada, na esperança de que um dia possa encontrar redenção.

Em breve

O trompetista que falava com Deus

Marcelus, um jovem de origem humilde, descobre no trompete um chamado maior que a música.

Entre hospitais, asilos e palcos, ele percebe que cada nota é capaz de transformar vidas — inclusive a sua.

"O Trompetista que Falava com Deus" é uma narrativa emocionante sobre fé, amizade e superação, que toca tanto os que acreditam quanto os que apenas buscam esperança.

Disponível na Amazon

Regina
Saída das Cinzas

Regina não teve infância, nem colo, nem lar. Aprendeu a sobreviver antes mesmo de saber falar. Baseado em uma história real, este é o relato de fé de uma mulher que transformou o abandono, a dor e a injustiça no maior dom que alguém pode receber: a capacidade de amar.

Disponível na Amazon

O convertido

Alberto, um médico cético e racional, vive uma experiência sobrenatural que transforma sua vida. Se antes negava a existência de Deus, agora fala Dele com convicção e vê milagres por onde passa. Sua jornada o leva das salas de cirurgia às favelas, onde aprende o valor da fé, da humildade e do amor ao próximo. Em meio a encontros marcantes, ele descobre o verdadeiro sentido da vida. Uma história emocionante sobre transformação espiritual e redenção.

Disponível na Amazon

O evangelho segundo Maria
O início de tudo

Nesta emocionante narrativa, Maria, mãe de Jesus, conta sua versão dos acontecimentos que mudaram a história da humanidade. Com simplicidade e profundidade, ela revela os bastidores da vida de Cristo, desde a anunciação até a ressurreição. A história é contada com humanidade, fé e emoção, aproximando o leitor da essência do Evangelho.

Disponível na Amazon

Histórias de Anjos

Milagres acontecem onde há fé. Neste primeiro volume da série, conheçar histórias emocionantes de pessoas comuns que, em momentos de dor e esperança, foram tocadas por Deus e Seus anjos. Cada conto revela que o sobrenatural pode estar mais perto do que imaginamos — basta crer. Uma leitura que inspira, consola e transforma.

Disponível na Amazon

Histórias de Anjos II

Novos milagres

Anjos caminham entre nós — e às vezes, mudam destinos. Neste segundo volume, relatos comoventes mostram como o sobrenatural se manifesta em momentos inesperados, revelando o poder da fé, da oração e da transformação. Cada conto é um convite à esperança e à certeza de que Deus nunca abandona os que O buscam.

Disponível na Amazon

Histórias de Anjos III

O poder da oração

Quando a fé encontra a oração sincera, milagres acontecem. Neste terceiro volume da série, histórias emocionantes revelam como o clamor do coração pode mover o céu e transformar vidas. Cada conto é um testemunho do poder divino que age quando tudo parece perdido — e da presença constante dos anjos entre nós.

Disponível na Amazon

Histórias de Anjos IV

Falando com Deus

Quando o diálogo com Deus se torna íntimo, milagres deixam de ser exceção. Neste volume da série, histórias reais e comoventes revelam como a presença divina transforma vidas, cura feridas e resgata almas perdidas. Um convite à fé viva, à escuta sincera e à coragem de servir ao propósito celestial.

Disponível na Amazon

Histórias de Anjos V

Ele quer te ouvir

Neste volume da série, vidas marcadas pela dor, abandono e desespero encontram redenção através de um gesto simples: falar com Deus. São histórias reais e inspiradoras que mostram que, mesmo nos momentos mais sombrios, o Senhor está atento e pronto para ouvir. Um convite à transformação pela fé e pelo poder da escuta divina.

Disponível na Amazon

Histórias de Anjos VI

A fé move montanhas

Neste volume da série, a fé é o fio condutor que transforma vidas, supera obstáculos e revela o poder de Deus em meio às provações. São histórias reais de coragem, milagres e redenção, onde o impossível se torna possível para quem crê. Um tributo à força espiritual que habita em cada um de nós.

Disponível na Amazon

Histórias de Anjos VII

Há esperança

Neste sétimo volume da série, o autor apresenta relatos comoventes de transformação, fé e renascimento. São histórias reais e fictícias que revelam como a esperança pode florescer mesmo nos momentos mais sombrios. Um convite à reflexão sobre o poder do amor, da oração e da presença divina em nossas vidas.

Disponível na Amazon

Inverno nuclear em Quebec

Durante um apagão misterioso em Quebec, Hermano percebe que o mundo está à beira de uma guerra nuclear. A cidade é devastada por um tsunami e mergulhada em um inverno radioativo. Em meio ao caos, ele luta para salvar sua família e manter a esperança. A história revela conspirações globais e a resiliência humana diante do apocalipse. Um drama intenso sobre sobrevivência, fé e reconstrução.

.

Disponível na Amazon